车前子绘画作品

《蓝》

35cm × 35cm

2021 年

《池塘生春草》

35cm × 35cm

2021 年

《星辰》

35cm × 35cm

2021 年

《神游》

35cm × 35cm

2021 年

《龙门》

35cm × 35cm

2021 年

《枯木怪石图》

35cm×35cm

2021 年

《虹桥》

35cm × 35cm

2021 年

《两块西瓜》

35cm×35cm

2021 年

《一束花》

35cm×35cm

2021 年

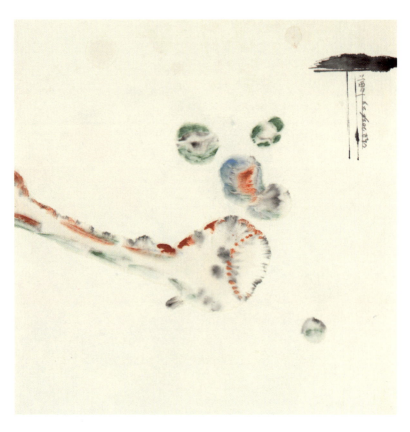

《草》

35cm × 35cm

2021 年

《宝玉与妙玉》

35cm×35cm

2021 年

《起来》

35cm×35cm

2021 年

《云》

35cm × 35cm

2021 年

《雨后春笋》

35cm×35cm

2021 年

《瓜与它的影子》

35cm × 35cm

2021 年

《田园》

35cm×35cm

2021 年

《悬针垂露》

35cm×35cm

2021 年

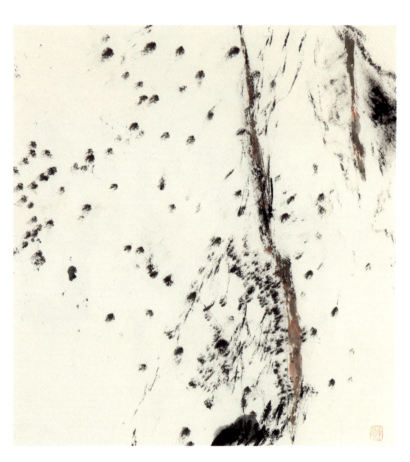

《空山松子落》

35cm×35cm

2021 年

《桃园》

35cm × 35cm

2021 年

《喜相逢》

35cm×35cm

2021 年

《花头经》

35cm × 35cm

2021 年

《牡丹》

35cm×35cm

2021 年

《情不自禁》

35cm × 35cm

2021 年

《月色》

35cm × 35cm

2021 年

《葡萄》

35cm×35cm

2021 年

《一个早晨》

35cm×35cm

2021 年

《春》

35cm × 35cm

2021 年

《夏》

35cm×35cm

2021 年

《葫芦》

35cm×35cm

2021 年

《桃》

35cm×35cm

2021 年

《盆》

35cm×35cm

2021 年

《逸》

35cm×35cm

2021 年

茶话会

车前子 著

长江出版传媒 长江文艺出版社

目　录

第 一 辑

喝 水

我小时候就喜欢喝茶，偷祖母的茶喝。她早晨起床，泡上一杯，我就偷偷喝上几口。祖母发现了，拍我一下，说："小官吃茶，夜里困不着咯。"

小孩子喝茶，晚上睡不好觉的。但我童年好像没失眠过。对了，我童年失眠过一次，要读小学了，想到第二天开学，兴奋得睡不着。祖母常喝绿茶，到冬天才换红茶，有时还扔几朵玫瑰花进去，玫瑰花在水里，刚开始像浇在白米饭上的苋菜汤，后来颜色萎黄，仿佛桌布上的酱油渍、衣服上的酱油渍——小孩子胸口，总是斑斑驳驳，可以当壁画看。

我也偷父亲的茶喝，这个，却是偶然为之。父亲的茶太浓，杯子里的茶叶茂盛一如墙角杂草，偷喝一口，苦得说不出话来，跟着会翻白眼。小孩子，翻白眼作甚？你又不是八大山人的鱼、八大山人的鸟！

我十四五岁，已有茶瘾……

嗯，不回忆啦。尽管茶瘾不小，并不懂茶，"适才饮得佳茗一盏，大是懵懂"。

吃奶不需要学习，生而知之，喝茶需要学习，学而知之，于此知道，吃奶是本能，喝茶是文化，找个识字课本，悬梁刺股，江湖夜雨，囊萤映雪，十年寒窗，画地为牢，走火入魔，好吧，学文化吧。

几年下来，居然不知道怎么喝茶，匪夷所思，那就喝水。

不幸我早过吃奶年纪，也只能喝水了。

那就喝水。

泡文人，泡茶

　　文人的无足轻重是因为文人没有轻重，飞着的鸟你能称出它的体重？能称出的大概是飞鸟之影子。称影的人短斤缺两过了一辈子，还要写什么两地书。笑话。所以文人终究是悲哀的，所以文人只能喝喝茶，绿茶红茶乌龙茶，乌龙乌龙地过一辈子，还要写什么茶事。废话。

　　以上是废话。但一篇随笔往往从废话开始，结束的时候又是废话，这有点像喝茶了，第一泡倒掉——所谓洗茶，洗茶这说法大有人间烟火，起码我喜欢，让我想起洗衣裳，茶也是一件衣裳：土布衣裳，比如普洱茶，普洱茶就有土布衣裳的纤维；绸衫，比如碧螺春，碧螺春就有绸衫的质地；蓝印花布大襟琵琶钮上装，比如茉莉花茶。蓝印花布大襟琵琶钮上装在十八九岁三十一二岁的女人体上方圆五百里草长莺飞，一步一回头，回头率极高，瞟我的意中人啊，我爱蓝印花布的清香，但茉莉花茶我却不爱喝。以散文人之心度文人之腹，我是写散文的，觉得洒家写得不错，故称洒家为散文人，以散文人之心度文人之腹，文人好像也是不太爱喝花茶的。花茶是味精酱油大放厥词的烧鸡烤鱼，想来文人都是吃素的，吃莴笋，吃蒿子秆，吃草，吃树叶，吃豆腐。想穿了茶也就是一种树叶，喝茶也就是吃树叶，我们看长颈鹿仰着头吃树叶觉得好玩，长颈鹿看文人喝茶也觉得合理，因为长颈鹿只能吃吃树叶，所以文人低着头喝喝茶，喝本味的茶，喝真性情的茶。喝茶：文人本味的生活，真性情的生活。文人本味和真性情的生活在当代也就喝喝茶罢了。文人与茶，就是文人与花茶之外的茶。但我是散文人，花茶不爱喝却也是要喝的，别说花茶，就是花，我喝得还更多。现在的茶太昂贵了，花便宜，我就泡点腊梅花、玫瑰花喝。所以我来谈论文人与茶终究隔了一层。这样说似乎矫情，因为也有人把我算作文人，但我不以为然，我还没到这个境界，我以为文人是一种境界——本味；自性。但当代哪几个人到了这一种境界呢？五百年后，自有分晓，并不需要我这里饶舌。但我的确心向往之这一种境界，这样说似乎不矫情。

我常常很风雅地在红男绿女杂处一室的茶馆里见到很风雅的匾或者条幅，上书："禅茶一味。"看来和尚与茶的关系更为紧密。中国传统文人的心里时不时会盘腿坐着个和尚，并不需要我这里饶舌，我想说的是如果文人与茶一味，这一味就是本味和自性，自性和本味。上面已经说过了，我再说一遍，因为写到这里，我觉得这一句才不像废话。

　　但文人与茶终究是危险的，好像文人与什么都能搭在一起，比如文人与酒，文人与烟，文人与石头，文人与牛，文人与病，文人与娼妓，文人与药，文人与冤案，文人与宠物，文人与收藏，文人与小人……好像物物都能物文人，人人都能人文人，好不容易文人与文人了，该天下太平吧，想不到又文人相轻。文人的无足轻重看来不是因为文人没有轻重。文人的无足轻重在文人是不知道自己的分量，茶的出身贵贱在茶是知道自己的价钱。但不论何时何地好茶又都是无价的，而文人的无价却只会在卓越的年月。

　　这篇随笔从废话开始，结束的时候又是废话，这有点像喝茶，第一泡倒掉，最后通通倒掉。

　　白驹过隙，东山丝竹，且洗干净茶壶，阳春三月，杂花生树，重泡文人重泡茶。茶是新茶，文人是老文人。或者茶是守旧的茶，文人是维新的文人。

一个夏天的村庄

一路上听蝈蝈叫，乙先生是玩虫高手。他说："玩无止境。"

到茶馆，我要看看他的葫芦，蝈蝈养在里边。葫芦上轧着山水渔翁，大概他把玩久了，已有包浆。包浆使这略见粗糙的轧工敦厚了。

我只能看到一点翠绿，在暗处涌动。我像站山坡上，往下望：一个夏天的村庄。

这蝈蝈十分健壮，鸣声不绝。我说听烦了怎么办？

乙先生说："搁冰箱。"

他家蝈蝈不少，有时候图静，就把它们搁冰箱，零上二度到五度，蝈蝈就进入冬眠期。忘了，忘个十天半月的，也死不了，一打开冰箱，蝈蝈有各种不同的姿势，伸胳膊踢腿，定格葫芦之中，拿到太阳底下晒晒，喂喂食，就又叫唤。

五个人开始喝茶。先让酉先生鉴定三泡茶：魏荫铁观音、台湾摩天岭金萱和普洱熟茶。

铁观音的来历有两种说法。一种说来自魏荫，他是茶农，一直敬重观音，有一天观音托梦，让魏荫做出了好茶。

这一泡魏荫铁观音，据说是传统制法。酉先生闻闻干茶，说是前年的吧。的确是前年的。开汤后香气黯淡，味道倦怠。用行话来说，就是陈茶，已跑香了。

茶香贵清贱浊，茶味贵雅贱俗，台湾摩天岭金萱有些浊俗。

茶的苦涩皆是它的内含物质决定的，茶叶越老越苦涩，秋茶就比春茶苦涩，沉淀的东西多了。之所以注重采摘期、讲究加工，就是要把苦涩去掉。如果去不掉，就不是好茶。台湾摩天岭金萱火焙大了，为什么焙大，想去掉苦涩。

结果苦涩没去掉，香气又浊，走火入魔。

这倒让我有联想。秋茶比春茶苦涩，是因为沉淀的东西多了；人到中年，也是如此，所以要修，与茶农讲究加工一样。人到中年不知道修，全由着性子，寸步难行未必，但行之不远是定下来的事。做人要修，艺术是一个人修炼过程。菩提树、丹炉、荆棘和好花好天……

也不能太刻意，火焙大了，想去掉苦涩（在这里我作为日常杂质而言），这让我觉得是宋朝人写诗，都有点火焙大了的意思，想去掉苦涩（在这里我作为唐诗影响而言），结果性情少了，学问多了。当然黄庭坚的学问就是他的性情，他以学问为性情，鹤立鸡群，诗风由他变化，但独树一帜的同时也格调大坏。

要修，不要死修，缘木求鱼爬得再高，树梢都刺穿蓝天了，也没用。

把性情作学问呢？

我不知道。我想人修的首先应该是性情，而不是学问。修也是玩，玩无止境！

五个人正式喝茶。先喝的是凤凰单枞。我上午刚读张潮"妾梦不离江水上，人传郎在凤凰山"，以前也读过，上午才觉得好，不料晚上喝凤凰单枞，真没想到。真没想到的时候，圆满现形，一头唐朝，一头2006年，两头相接居然滴水不漏，天衣无缝。

天衣是香衫，施施而过，引得蝈蝈壶公一般从葫芦里跳出；我则仿佛是从褶皱间拂下的尘梦，蜷缩一团，寒夜中滚入葫芦，鸦雀无声。往上望：一个夏天的村庄。

饮茶记

2006 年 1 月 16 日星期一

早晨五点钟睡下，上午十点钟被电话吵醒，我也就索性起来喝茶。平日里我喝的第一道茶往往是六安瓜片，它清新之中有股子烈性，这在绿茶种类里凤毛麟角。清新洗我脑，烈性涤我肠，既恩惠了上半身，也恩惠了下半身。好茶是天地精华对人的恩惠。还不是如此，好茶不仅仅是天地精华，还有人的思想。好茶是人的思想产物。但我今天喝的第一道茶却不是六安瓜片，我喝的是武夷水仙。觉得身子有些寒，可能昨日夜行受凉了。我是把岩茶当药的，武夷水仙正是岩茶一种。我的这一款武夷水仙香气像云浮在半山腰似的，衬着碧海青天里的红日，渐渐地，身子也渐渐晴朗。于是行方便。于是吃早餐，今天的早餐够清淡，一碗小米粥和半碗雪菜冬笋。应该是春笋了吧，但朋友从杭州捎来，说是最后的冬笋。也对。早餐后上电脑，写了一篇随笔《奶饽饽及其他》，好换茶钱。茶钱比饭钱贵多了，所以必须勤奋，悬梁刺股。贪茶或许会贪出一个好文章家出来，走着瞧吧。

写完《奶饽饽及其他》，已经下午，寒气从汗毛孔里风流云散了，但觉得精神浑浊，我就喝我的第二道茶。平日里我喝的第二道茶往往是碧螺春，今天也不例外。只是时间上偏晚了，我一般在这个时间里，喝铁观音，它救苦救难，把我从疲乏里救出。今天的碧螺春我泡得尤其好，可惜老婆不在，否则能同享清福了。碧螺春的滋味，是清福的滋味。我并不清楚清福是什么滋味，一喝碧螺春，就会觉得清福的滋味不过如此。碧螺春的香气实在是玄妙的，虽说它是特有的花果香，但并不能指定出是哪一种花果。玄妙就玄妙在这里。它已经超凡脱俗、出神入化了。换句话说，不知准确不准确，就是碧螺春的香是茶中的抽象派，脱离了写实。市面上很有一些绿茶制作工艺是追随和摹仿碧螺春的，喝第一口，觉得挺像，但随即就喝出它的香是死的，也就是单调的、苍白的。那天我喝到江西人摹仿碧螺春的一款绿茶，是桃味，这就泥实。也就是从那天起，我真正认识到碧螺春的好处，好处全在于空灵。去，再去喝一杯它，我行文至此，也泥实了。

我偶尔用白瓷盖碗泡碧螺春，好闻香。这是紫砂壶和玻璃杯所欠缺的。再从白瓷盖碗里往茶盏斟酌，好观色。今天碧螺春的汤色像将熟未熟的枇杷，也就是欲黄还绿，器型圆满。只是五泡过后，它就乏了。我今天还是泡得好，一般三泡过后就乏了。这款碧螺春，我嗅嗅叶底，它乏了的味道有青橄榄气息（也是神奇，碧螺春的产地并不出产橄榄）。尽管青橄榄气息很是逸品，但对于碧螺春而言，它的香气一旦定型——那就死了。死定了。

一个喝茶者是多么冷酷，碧螺春尸骨未寒，我就打算喝我的下一道茶了。犹豫片刻，我还是选了铁观音。

2006 年 1 月 17 日星期二

今天上午心里有事，也就没认真喝第一道茶。我打几个电话，对方都不接。事情是这样的，我为一个剧组工作多月，到今天应该得到的报酬一分钱也没得到，合约形同虚设。这才是我的生活。我喝着昨晚十一点半之后泡的普洱，汤色还很华丽，看不出它的衰落，滋味当然是明日黄花了。

我昨天用四个白瓷茶盏，分别养起了茶渍。事情是这样的，——

月十五日我写《茶渍记》："岩茶茶汤一夜之间在白净的瓷茶盏里写意而出的茶渍是浅绛色的。"印象深的只是武夷岩茶这种浅绛色的茶渍。其他就全凭印象了。在印象里，其他种类茶的茶渍也都是浅绛色的。

四个白瓷茶盏：一茶盏是武夷水仙的茶渍，一茶盏是碧螺春的茶渍，一茶盏是春秋毛尖（它是贵州高山绿茶）的茶渍，一茶盏是普洱的茶渍。这也是我昨天喝的四道茶。

一茶盏是武夷水仙的茶渍，确是浅绛色的，但细看起来——被它的浅绛色所覆盖还是遮蔽？深处有点接近藤黄的光芒。

一茶盏是碧螺春的茶渍，确是浅绛色的，它在白瓷茶盏里漾出一个浅绛色的圈，但细看起来——边缘是汁绿的。

一茶盏是春秋毛尖的茶渍，确是浅绛色的，它在白瓷茶盏里咬出一个浅绛色的圈，但细看起来，其实都不用细看——它的浅绛色与武夷水仙的茶渍和碧螺春的茶渍相比，它是最浓的，可以说是很纯的赭石。

一茶盏是普洱的茶渍，不知道是不是养它做茶渍的时间最短，说它是浅绛色的，不准确。普洱的茶渍像朱砂，它在白瓷茶盏里吐出一个朱砂色的圈，但细看起来——在它的覆盖与遮蔽之下，底子上既有赭石、棕黄，又有胭脂、曙红……我看久了，竟然看到了靛蓝。在目前，普洱的茶渍最缤纷。我决定再把这四种茶渍养几天，再添几个品种进去。

前几天，见水仙花开得好，香气怡人，我就用宣纸包两泡碧螺春，系了红丝带，搁入水仙花丛中。今天取出，喝了——算是我的第一道茶吧，一没有水仙花的香气，二没有碧螺春的香气，我失败了。当时想当然，事实并不如此，但常常在事后。

许多事情想当然的时候是很好的，我对别人说我包了点碧螺春在水仙花丛中，别人都认为会很香。不料今天一喝，不能说它无香，它也香，但这种香是干的，缺乏鲜活。

2006 年 1 月 18 日 星期三

晚上回家，我去看我养的五茶盏茶渍——昨晚我又养了一茶盏铁观音。除了普洱，其他皆是浓浓淡淡的赭石色。普洱是朱砂的，仿佛霜叶。我把五个茶盏看过来看过去，完全是一本名家册页，如果有地方题词的话，我题"茶渍山水梦不到"，梦也有不到的地方？"茶渍有梦到山水"，是不是更好？

今天上午，喝了黄山毛尖，想与昨天喝的春秋毛尖做个比较。

春秋毛尖，第一泡有很浓的板栗香。黄山毛尖寡淡，或许是陈茶的缘故。

喝碧螺春——剩下的搁入水仙花丛中的那一泡碧螺春，像昨天一样，香消玉殒。明朝的朱权在《茶谱·薰香茶法》里说：

百花有香者皆可。

为什么我不能？是我的方法不对吧。朱权继续说：

与花盛开时，以纸糊竹笼两隔，上层置茶，下层置花。宜密封固，经宿开换旧花。如此数日，其茶自有香味可爱。

看来还是我的方法不对！"纸糊竹笼"，有风雅气，但真要自己动手纸糊竹笼，也够烦的。

下午去赵英立先生家蹭茶喝。先喝了龙井：他在电脑上忙；我从书架上找书看。傍晚时分，赵先生问我要喝什么茶，我说川红吧。我那天看上这款川红——存放二十年，快成精了。但那天没时间喝，赵先生说送你一泡，我说送我我也不会泡啊，还是在你家喝吧。老茶如药，沸水入壶，满屋药香，斟入杯中，我说像洋酒——

16

陈姐说就像人头马似的。桃子小妹来了，她是茶艺高手，她说，这茶就是四川茶。她又说，制作不错，鲜叶差一点，有苦涩味。

赵先生说倒这茶的时候像在倒油，我一下感到茶汤的重量，就像我在倒油，心里十分愉悦。

喝完这一泡川红，我们去楼下吃饭，饭后又上楼喝茶。对了，泡川红的紫砂壶似乎也值得一说。这把紫砂壶并不上乘，但有意思，意思在于壶上的刻字：

毛主席纪念壶

一九七六年九月九日

一九七六年九月九日，是毛主席逝世之日，据说这把壶纪念的就是这个，也有二十年历史了。老茶配老壶，岁月一晃而过。

晚饭后桃子给大家泡茶，第一道茶是岩茶，喝了两巡就换了。它发酸。有关乌龙茶发酸问题，我请教过李波韵先生，他告诉我："发酵不够。"

赵先生就说，喝什么茶呢？

桃子说，车前子想喝白茶。

赵先生拿出等级极高的白毫银针。

我不记得我是否喝过白茶，我极喜欢白茶这两个字。桃子往茶壶里装茶。红袖拾落英，甘露凝夜气。她递我一杯，我一闻，也有股药香，但与川红的药香不一样，川红的药香是厚朴的，往下沉的，而白毫银针的药香是清甜的，向上扬的。

我觉得白茶之味我极其熟悉，就是说不出来。陈姐说像不像广东凉茶喝到最后的味道？我说有点像。陈姐说像不像芦根？对了，就是芦根的香气！我小时候一到夏天祖母就熬芦根汤给我喝。

白茶的茶汤如此明亮，明亮又有内容，我端起茶杯凑近灯光，我看到明亮的茶汤里白毫沉浮，犹如芸芸众生无所适从。我忽然觉得解脱。

赏心乐事

桃子来接我，去恭王府花园喝茶。今天有个活动。

一入恭王府花园，寒之冷之，少人气。后来才知道原来如此。

进到戏院，活动在这里。戏院里，一些服务小姐打扮成格格朵朵，闲坐一堆大红。而穿西装或羽绒服的管理人员，正在小吃，吃着杏干、杏仁、芦柑、香蕉、小点心，见我们推门而入，就边咀嚼边索请柬。我说进大门时，被保安收了去。他们就打电话，不一会儿保安送回请柬。我像到了一花布店，戏院的壁上梁上绘满紫藤，是紫藤花布专卖店。于是我东张西望，台口悬一横幅：

恭王府花园新春重张暨恭王府普洱贡茶品茗会

桃子是来指导茶艺的。桃子急，告诉我这里既没茶具，又没水。自来水我想不会没有，但是品茗，自来水不行。我真没想到还有比桃子更急的人，他没带茶，主办方之一的茶厂经理他忘记带普洱茶。京华闲人到了，茶厂经理请他救急，京华闲人就让小傅去他家拿两饼普洱，一生一熟。

北京的一些社交场合或营业场所基本都喝茉莉花茶，此刻桌上的盖碗八只，只只茉莉飘香，例行公事。桃子打开包，拿出一粉红杂乳白的布包，我转过头去，以为她要补妆，她说，喝铁观音吧。她带了一布包铁观音。京华闲人听说我们要喝铁观音，就从口袋里拿出两泡，说喝他的。桃子到后面泡茶，不一会端出，水温不够。他们没有现烧的水。很好的一泡铁观音就废了。另外一泡我就收起，别糟蹋，散会后我还给了京华闲人。

京华闲人见我的请柬放在桌上，他说凭请柬可以领礼品——由恭王府监制云南田园普文茶厂出品的恭王府普洱贡茶一饼。我就去领了，是生茶一饼，包装纸较讲究，是宣纸的，上面有不少字：

首届马帮茶道·瑞贡京城普洱茶文化北京行组委会荣誉出品

瑞马（HOLY　HORSE）

总计：10000 饼

本饼号码：NO

八千里马帮驮茶·珍品典藏

净含量：400±5 克

国营云南省西双版纳普文茶厂出品

我估计"瑞马"是它商标，印刷成绿图案：一个绿马帮（有专门名字，我忘记了，姑且以马帮称之）牵着一匹绿马，跋涉而来。

一曲民乐合奏，现在正式开会。主持人介绍完领导，恭王府花园主任还是书记（我没听清）一身唐装、抱拳登台，他说还有两个人他必须给大家介绍，一是溥仪皇帝的胞弟溥任先生，一是道光皇帝五世孙某某先生（我没听清）。溥任我到结束都不知道他的长相，五世孙倒面熟，前不久在电视上见过。恭王府花园主任还是书记继续介绍，恭王府花园新春重张，今天是开园仪式（原来如此，寒之冷之少人气了），恭王府花园两次闭园修缮近五个月，门票等损失近四千万，投入近两千万，装了监测系统，每个小角落都能看到，保证在北京奥运会期间不关一天门。

溥任献五言绝句一首，工楷书写，主持人读了，第一句是"驰骋雄关外"，下面我忘了，大概指的是马帮驮茶进京。

接着田园普文茶厂经理发言，田园普文茶厂，田园是个体的，普文是国营的，合作成田园普文茶厂。接着是茶厂经理向恭王府花园主任还是书记奉上（由恭王府监制云南田园普文茶厂出品的）恭王府普洱贡茶，用黄丝绸方袋子装着。

接着京华闲人向大家介绍普洱茶的一些基本常识，最后他说，甘滑醇厚是好茶，涩、麻，舌头像叮了一口，是差的普洱，碰到这种口感，就不要喝。他说喝普洱茶有三难：找茶难，冲泡难，感悟难。

接着歌舞升平，在丝竹肉声之中，我发现五世孙举着数码照相机，兴致勃勃步履蹒跚地一直在给他带来的人照相。他成了我眼中的一张照片，背景是花花绿绿的戏台和戏台上方的一块黑匾，匾上四个大金篆书：

赏心乐事

酒之间，茶之间

一个人是不可能还乡的，无论精神，还是肉体。生活就是马前泼水。也不可能重游。没有故园，没有旧地。就是有故园和旧地，我想还是无法还乡或者重游。这看上去有些形而上，但我向来对形而上毫无兴趣。昨天我在山塘街上玩，坐在文昌阁临河窗前，觉得像做梦，就不免胡思乱想。

从新民桥上下来，我一时不知道身在何处，看到崭新的楼头廊下，还有一座房子的外墙面斑斑驳驳，心里方开始踏实。我对同游的老何说，留点痕迹才好。老何说，这个是做不出的。我们两个人就看斑斑驳驳，心情几乎是在博物馆里看古画。我的心情几乎是在博物馆里看古画，不知道老何的心情是不是也几乎是在博物馆里看古画，忘记问了。

文昌阁是山塘街上唯一一家书店，据说它的经营路子是卖古往今来写苏州的书，和苏州人写的书。一排书架靠墙而立，店堂里亮着灯，灯装在竹笼里，朦胧得仿佛树荫中的黄莺儿。我一直在找朱长文《琴史》，没见到，就去临河窗前坐下。那里桌椅设计得像吧台，别有风味，坐在那里，就是别有洞天，窗外河水一块，在断断续续的阳光下，厚得如丝绒。我想喝酒了。一位身披紫衣的侠女，水面上行走如风，手里托着银盘，银盘中竖着大大小小酒瓶，到我窗前她停下，任我挑选。我说我只喝啤酒，她就消失了。一千年前古人喝的是新丰美酒，二三十年代的文化人喝绍兴黄酒，我只喝啤酒，在侠女看来有点新潮，也有点像现在的山塘街，于是水面上只有一阵风，嘟嘟嘟嘟开来大轮船。大轮船是开不进来的，由于河道狭窄，游船个头又偏大一点，所以在我看来，就与大轮船没什么区别。应该把摇橹划桨这门手艺传承下去。具体的细节其实都是可以解决的，比如机器游船到山塘街河道，就换乘手摇船。无非利益分配而已。因为山塘街河道狭窄，而两边又都是百尺楼头，噪音被闷在里面，像水发鱿鱼一样发大。

出文昌阁，过新民桥桥洞，山塘雕花楼隔壁有家小饭馆，我今年上半年来过，按下不表。

又回到文昌阁附近，戏台，水码头，救火会，绍兴会馆。苏州人的气量真大，绍兴会馆里陈列的简直是一部绍兴简史，不知道为什么没到周氏兄弟。鲁迅当年也住过绍兴会馆，尽管是北京的绍兴会馆，但天下会馆都是一样的，况且都是绍兴会馆。绍兴会馆隔壁有家黄酒馆，这个我有点兴趣，却偏偏门锁高挂如一条咸鱼。透过玻璃望望，桌子椅子多了一点。

走过通贵桥，我竟然没认出这就是通贵桥。我以前是很喜欢通贵桥的，看来苏州的影响力在我身上正在无可奈何花落去——似曾相识的只是通贵桥下的流水吧。

后来与老何在怀古阁喝茶，怀古阁是家古玩店，老板娘姓吴，同老何认识。三个人聊着天，老板娘说话轻声轻气的，像在绣片上穿针引线。我很奇怪现在的某些苏州女子为什么一开口嗓门都那么大。

眷　属

其中的亲热在阴雨天尤其感到。两个人在客厅闲聊，喝茶，在卧室拥抱，睡觉。身上一定要暖，美好的出处。

现在，我想象出——

我说，此刻我全身冰冷，江南的秋雨的确愁煞人也，我一点也想象不出。

现实是棉被阴湿，还必须独自躺进去。

2005 年 10 月 5 日，凌晨，我读今年日记，看在过去几个月里的这一天发生了什么：

一月五日。傍晚，正读书，一抬头，看到外面全白了。

二月五日。喝茶一天，读书一天，听小林练琴一天。深夜写短文《软糖》。"我也喜欢如此为人。百尺竿头，请君睁开童男童女的至阳至阴之眼",这一句从《软糖》里删除。

读了两天,甚感无聊,我不能找个人替我睡觉。觉还是要自己睡的,钻进棉被,我发现并没有那么糟糕。

我不能找个人替我睡觉,但我能找个人为我占梦:

一个女人围炉吃鱼,画舫翠衾,吃着吃着,鱼突然变成《金刚经》,树枝的影子从窗外进来,说,深了。

好辛苦

惆怅得很，寒夜！我在苏州如客居一般。寒夜客来，来多了嫌烦；寒夜客不来，又想他们。昨天来了三个，好像正好，一个画家，一个书家，一个茶家（这是我命名的，称呼"茶艺师"或者"茶道高手"总觉得像技工）。我也就有兴趣，兴致勃勃地给书家别墅取名"一玉兰堂"，他院子里有棵玉兰树。原先想叫"玉兰堂"的，想起文徵明捷足先登，或许还要早得多，记忆里白居易题过"玉兰堂"三字，这块匾清朝时候还流传人间。白居易可能题的是"木兰堂"——木兰玉兰一回事。

我画了张含苞之玉兰，条幅，题上"木笔三支写清贵"，木笔木兰玉兰一回事。送给书家，他一家三口，女儿正读初中，据书家说，她把我的一本散文集读过几遍。我很得意的。

画好后，悬于壁上，气息不错，还少一些细节。我就摘了眼镜，在画面上收拾，画家站一边说，你的描是"蚕丝描"。我前几天读《诸名家绘法纂要》，其《古今描法一十八等》中没有"蚕丝描"，我的"蚕丝描"约是"高古游丝描"与"兰叶描"的结合，有意为之（我用笔过快，以前往往酒后着笔，心中难免飞扬跋扈；去年下半年有了些修养，行笔之前加个春蚕吐丝的意念），不料被画家探出，我很得意的，心思没白花。到了清朝，记忆里，古今描法已有七十几等，有没有"蚕丝描"？不记得了。

后来四个人题匾，"一玉兰堂"，这四个字很难安排（竖写可能容易点，又不能竖写，这是匾，不是厂牌）。我说要伊秉绶来写，或许有味。

近来，我很少张罗喝酒了，本来我总是最后一个离开酒桌的。而独酌的兴趣，一点儿也无，本来手擎一杯，灯下闲坐，于寒夜，多好，不知夜之寒心之苦……我的文章看上去放松，其实我一直焦虑的，挥之不去，吴牛喘月。

"吴牛喘月"字面颇佳，借用一下。

寒夜，酒不喝，茶喝得多了。红茶。书捧在手里冷冰冰的，读书，我想书如果能够加温，多好；捧着一本书就像捧着热水袋似的，多好。这几天在读宋朝人诗。

我觉得宋朝人写诗好辛苦。

谢翱《效孟郊体》：

落叶昔日雨，地上仅可数。今雨落叶处，可数还在树。不愁绕树飞，愁有空枝垂。天涯风雨心，杂佩光陆离。感此毕宇宙，涕零无所之。寒花飘夕晖，美人啼秋衣。不染根与发，良药空尔为。

手持菖蒲叶，洗根洞水湄。云生岩下石，影落莓苔枝。忽起逐云影，覆以身上衣。菖蒲不相待，逐水流下溪。

"落叶昔日雨，地上仅可数。今雨落叶处，可数还在树"，表达的意思很简单，就是落叶比往日多了，而描写得复杂不复杂？好辛苦。

"菖蒲不相待，逐水流下溪"，一幅宋朝诗人的肖像画，肯定不是唐朝诗人，具体又说不出也。说也是能说的，只是说出，好辛苦。

宋朝诗人也有意思，什么都敢写进诗里，杨万里《题钟家村石崖二首（选一）》：

水与高崖有底冤，相逢不得镇相喧。若教渔父头无笠，只著襄衣便是猿。

　　"若教渔父头无笠，只著襄衣便是猿"，这个意思或许唐朝诗人也有，但唐朝诗人就不会写进诗里。这也是宋朝诗人的辛苦之处。

更上楼

傍晚到苏州，更上楼头喝"碧螺春"。"碧螺春"是真"碧螺春"，但这罐"碧螺春"大概因为水汽没有炒尽，所以不香。补救办法只能暂时不放冰箱，放外面，两三天后再喝，香气会出来一些。

喝完茶，我楼上楼下探问一遍。

我上次看到一半的书，继续搁在桌上。

画到一半的画，镇纸压着。

更上楼主人对我心细，给我准备书房三间。冬天小书房，取暖方便。夏天的大书房三面窗户打开，芭蕉输绿，凉风彻底。

还有一间中书房兼喝茶处，有张大案子，朋友来了还可以写写画画。

他做这些，嘴上从不说，是我自己体会到的。

而他自己的书房则是我用小书房的时候他就用大书房——看他冷得发抖；我用大书房的时候他用小书房——看他热得喘气。

惭愧惭愧。我前世修来之福，是遇到好友。

他读书比我用功，比如去年他迷恋中医，他会找来一大堆中医书籍，放在不同地方，随时随地阅读；有几个月，他对照着穴位图，把自己掐得简直就是一件迷彩服。

我卧室里的一张床，我来了他放下，平时悬起。

一丈水

刚才，正看着史新骥绘画，一幅《睡虎》。

电话铃响，吓我一跳。

秋一从云南打来，他为收藏普洱而去，说山中太冷，正烤火取暖。

秋一说："今年的茶真贵。"

我说："明年，水更贵。"

我们要不要收藏水呢？

我有一丈水，退掉八尺。

剩下两尺，一尺是——诗人不踏进语言之河，那么任何实验和思想都是无效的。

另一尺是——没有实验与思想的介入，诗人也踏不进语言之河。

报　告

《风景放假》等几首诗写出后，我像拿到体检报告，觉得自己肝气郁结。

心里咯噔一下。但也放下。因为我知道病因。

四十五岁后，我大概热爱家乡，于是常常愤怒，仿佛看到别人在我的园地里胡乱浇粪，于是内心交锋，散不出去。

贱体要紧，贵乡他妈妈的。

有个菜馆，叫"妈妈菜馆"，菜烧得不好，就是"他妈妈菜馆"。

明代凤阳人，与外人说起自己家乡，不称"敝乡"，自称"贵乡"，因为出了朱元璋。

我的故乡没出过皇帝，只出文人，"明四家"不管好歹，还是"明四家"，我自称"贵乡"，想来也不为过。

贵乡他妈妈的。

要读外国书，可以疏肝。

读外国书，像把手张开了，一巴掌朝他妈妈的抡过去。前几天多读了中国典籍，拳头越玩越紧，一拳头打肿自己的脸。

四月二十九日。读品特的戏剧集《归于尘土》。

"他感觉得到我在他手里的声音，他感觉到了那儿的声音。"

四月三十日。迅哥请了二三十个兄弟姐妹晚饭，兄弟一包厢，姐妹另一包厢，倒像旧社会请客，男宾女眷两翻开。

他拉我坐他身边，先给我说这家饭店的历史，他说你肯定觉得好白相的，这家饭店的老板，也就是厨师，以前是裱画匠，乱七八糟的画，裱烦了，就改行做了厨师，烧苏帮菜，还算在正道上。

我说有点意思。

油爆虾、黄焖鳝筒、清蒸元鱼不错。蔬菜没一个炒好的，我后来加个咸菜百叶，有点意思了。

整体感觉，这厨师的手艺只会写写尺牍，于是一个晚上，我同时收到同一个朋友的几十封来信，这个朋友即使是王羲之，我想我也——吃不消吧。

那天晚上，老何几醉，回家夜话。老何说联想是中国的，狂想是外国的。

想想也对。联想是文化的，狂想是本能的。中国艺术的出发点往往是文化的，外国艺术的出发点往往是本能的。

想想，也不对。

五月一日。中午我们五个男人在西山消夏湾吃饭，下午在渔洋山喝茶（渔洋山搞成这样了？一根骨头。好，就把我当狗喂吧，咬死你！），与女士们先生们会合。我见到女士们就又心平气和了。

男人都一样的。女士们各有其美：丽姐、梅朵、双妹。还有初次见面的钱女士。她是无锡人，教养很好，说话细声细气的。不是说说话细声细气教养就好，而是她说话的时候，声音是含着的，教养在这里。

我看女性，一眼或许就知道其出身——最简单的判断，大家闺秀的肌肤有一种天然滋润，因为从小是被禁止大声喧哗的，所以没伤到肺气，肺主皮毛。

晚饭后回更上楼，一丈人等我，他静静地临帖，临着颜字，已临好一张。

五月二日。上午，读斯泰伦自选随笔集《文学先父》。

"而且涉及其总体上难以忍受的平庸。"

如此，但我能忍受——这是我大度之处。

一玉兰堂的雅集

一玉兰堂落成，堂主海华说，老车，你来组织个雅集吧。

我说，好，弄六个人，画点画，写点字，尺幅不要大，一平尺就是巨作了，超过一平尺的，拒收。画得绿豆大小，这才算本事。

我说，就展一天。

我说，参展者六人，观众也只要六人。观众要挑选，一个会泡茶的，一个会做点心的，一个会熏香的，一个会拍曲的，一个会说话的，一个会扫地的。

我说，扫地的难找。扫地的分寸掌握最难，一不小心不是斯文扫地，就是扫地出门。

昨晚的梦

　　某地有浮云鳞然，我坐在半空斟茶，却没有茶水——从壶嘴走出的是香气。

　　我继续斟茶，茶壶似乎要倒立茶盅之上，从壶嘴走出的，继续是香气。

　　揭开茶壶盖，香气反而消失，闻它不到，只见壶中一朵大紫花积瓣成塔；塔尖，趴着一只大白蝶，翅膀上红颜斑驳且洒脱（打着褶皱的大紫花像是托举大白蝶的盘子；拍动身体的大白蝶，原来是从大紫花中开出来的大白花）。而空气在大紫花和大白蝶周围加高加厚，枝叶浮翠。

　　我忙将茶壶盖紧，压上一块伏魔石。

　　某地有浮云鳞然，终于斗不过好奇心，我再次开盖验看，好像刚才仅仅是个幻影，蝶飞花谢，渺无人烟，徒有浮翠的枝叶在茶壶里泡着绿茶（之虚名）。

还是，我把它还是看为美梦；应该，我把它应该看为春梦，这是昨晚的梦，今天下午，完璧归赵，独自在书房里兀兀然我有艳遇或涂鸦的感觉。

紫砂之旅

　　路上青布灰布，青布的中山装、列宁装，灰布的中山装，灰布的裤子，黑布的裤子。老旧气的宜兴，不但现在回忆起来如此，就是当时也是如此。泥泞，积水，甓砌成的矮墙和茅草屋顶的立面墙。住在山上的人用白石造房。住在海滨的人用盐、贝壳和涛声造房。住在桑园的人用情丝造房，哦，那是情种或者春蚕。住在自己心境里的人用傲慢造房。而宜兴人用甓造房。宜兴人用甓造房，据说有个好处，甓里贮满清水，一旦遭遇火灾，只要把甓打破，墙里马上喷出一队救火会。

　　出苏州，一路上天是阴着，才到宜兴地面，雨就下来了，不是红烛昏罗帐少年听雨歌楼上的雨，而有了江阔云低断雁叫西风的意味。这意味是南宋末年宜兴人蒋捷的。我向来不悦宋词，但《竹山词》却借来看过，"流光容易把人抛，红了樱桃，绿了芭蕉"，这句子曾常书写，另一首词（《虞美人》）以前还能背诵：

少年听雨歌楼上，红烛昏罗帐。壮年听雨客舟中，江阔云低，断雁叫西风。　　而今听雨僧庐下，鬓已星星也。悲欢离合总无情，一任阶前点滴到天明。

青布灰布，有人在大柳树下躲雨，看来这雨突然而至。也不一定。有人打着油纸伞歪斜赶路，黑布裤脚管上各夹一只竹夹子，草鞋把烂泥踩得噼啪直响，一阵兴奋。路上的山、山影、影影绰绰，是影影绰绰浮着紫气且吹落霜花满袖了。这霜花剔透飘云荡雾。阴阴沉沉，两面竹林，往里走才阴阴沉沉，这是我以后的经验。当时车在路上奔着，两面竹林新绿得弄假成真：给人世过客搭置出没的布景。

去宜兴玩，这是我平生第一次出门旅游，和父母，和妹妹们。还有其他一些人。那时我正读小学，我记得小妹妹还被母亲抱在怀里。我们去张公洞、善卷洞，最后去丁山陶瓷厂。是丁山陶瓷厂吗？我看上一只紫砂茶壶，造型简单，朴素中显出华贵，我父亲给我买了。后来我才知道这种紫砂茶壶叫光货。当时有几个人劝说我挑南瓜形状的、梅桩形状的紫砂茶壶，我死活不要。父亲在一旁一句话也不说，随便我选。宜兴紫砂器具闻名天下，尤其紫砂茶壶。用它泡茶，夏天放上一夜，也不发馊。更主要它泡出的茶没有熟汤气。这些老生常谈了。这把紫砂茶壶跟我近三十年，但也不是总用来喝茶，有几年我把它作为酒壶，冬天的时候，我装黄酒。那时候没钱，只能喝一点名之为黄酒其实是勾兑的准黄酒，为了去除过于浓烈的酒精味，我把准黄酒先倒进紫砂茶壶，再沉下三五上海话梅（俗称"奶油话梅"。广东话梅添加料太多，不够纯粹），泡放一天，翌日夜晚隔水加温，实在是把紫砂茶壶端入铝皮锅里蒸。紫砂茶壶和话梅能把酒精味共同钓走。虽然酒味带着酸甜，但口感上真的醇厚。黄酒的美，美在醇厚，意思若到，我当快活。

据说宜兴紫砂器具发端于宋朝，茶壶是从明代中期逐渐——从实用的一件茶具，到最后都舍不得用、只作为观赏的艺术品，其中大约经过五六百年时间。从实用，到不实用，艺术就是这样发展来的，命吧。明代正德嘉靖年间，有个名"供春"的书童（传说大名为"龚春"），随吴姓主人金沙寺读书，他忙里偷闲向老和尚学得制作紫砂茶壶的手艺，青出于蓝，一举成名，他做的紫砂茶壶就叫"供春壶"，当时就有"供春之壶，胜于金玉"之说。从此之后，名家辈出，明有时大彬、徐友泉、陈仲美等高手，清有陈鸣远、陈曼生、邵大亨诸行家，尤其陈曼生杨彭年合作的"曼生壶"，将诗文书画汇集一壶，达到另一个高峰。这些也老生常谈了。故宫藏品"供春壶"，据说是唯一一把，我只见过照片，好像模仿一段老树干，疙疙瘩瘩。有专家说是赝品。如是赝品，我觉得更好，这样神龙见首不见尾了。就像"画中有诗"的王维，就像"米家点"的米芾，他们果有真迹流传至今，那会减少我们多少向往和想象的兴味？

艺术史上仅仅留下姓名的艺术家，再有一点故事烘云托月，在我看来，他们拣了个大便宜。

宜兴紫砂茶壶大致分为两种，花货和光货。"供春壶"属于花货，"曼生壶"属于光货。我并不流连"曼生壶"，所谓"曼生十八式"，见到几式，觉得尖新乖巧一点。"曼生壶"一如杨万里摆脱江西诗派后的诗风，别开生面，却器量窄小。但杨万里还是中国第一流诗人，器量窄小不一定是坏事，胸襟泛滥不一定是好事，泛泛而谈者泛滥成灾。

花货写实，仿造松树、桃子一类的茶壶；光货壶形抽象，几乎有一种哲思。欣赏紫砂茶壶，花货要不矫揉造作，光货要不枯燥乏味，就是上乘。其中学问，我是不懂。

一天我上班，发现办公桌上那把跟我近三十年的紫砂茶壶不翼而飞，它是有情之物，想必出门寻找我的童年去了。

非典型日记一则

夜宿廿三弯，醒来，长空雁叫。村里人告诉我，前几天看到金钱豹。

廿三弯在宜兴。在宜兴，总会听到顾景舟故事。

一位名声显赫的南京画家来看顾景舟，"我带来一张纸，换你一坨泥"。画家想用自己的画换他一把茶壶，"你的茶壶我要供着"。过了半年，画家收到顾景舟的茶壶，正巧贵客临门，画家就用来泡茶，泡了半天，不出水，仔细一看，壶嘴没眼。他找到顾景舟，问是不是疏忽了？顾景舟回答："你说供着，又没说泡茶，要眼干什么？"

又一位名声显赫的北京画家，托人带给顾景舟他画的两匹马，顾景舟说："牵一匹真马来还差不多。"顾景舟不换。

晚年的顾景舟，不太愿意与画家合作，讲过这样的话，大意是我顾景舟以前是萝卜，画家是肉，现在画家是萝卜，我是肉。

这话的意思我终究不是太明白。

萝卜烧肉，宜兴家常菜，很好吃的，肉的味道都被萝卜吸收掉，萝卜丰腴，肉味变得惨淡了。萝卜很好吃的。

醒来，起床，吃了碗粥，菜是油炸花生米和小葱炒鸡蛋。想吃咸鸭蛋，咸鸭蛋被秋一吃掉了，他连吃五只。他把咸鸭蛋掰掰碎，壳也不剥，泡进粥碗，喝一口粥，吐一块壳。秋一是个奇人，年轻时候为培养耐心，扔一把大头针在粥里，不想吃得慢也只能吃得慢了。

吃完早饭，我回二楼写作，正写到这里，听到楼下有人大喊："秋一！秋一！"

我说秋一不在。

那人问道："是老车吗？"

噔噔噔上楼，我一时没听出他是谁。

回忆茶

我喝茶并不讲究，有茶叶就行。当然能喝到一杯好茶，大是愉快，甚至有前世修来之感。

我自己泡茶，在不浓不淡之间。好茶浓一点还没关系，蹩脚茶浓了，就难以应酬。

喝茶是与自己应酬，有时候这样。更多时候是与自己说话。

以前愿意深夜喝酒，喝到神志模糊，上床睡觉。现在酒是不喝了，深夜新泡一杯茶，喝到头脑清醒，也是上床睡觉。神志模糊地上床睡觉与头脑清醒地上床睡觉，没什么本质上的区别。无非一个早点做梦，一个迟点做梦。

有一年，我买了六把紫砂壶，加上朋友送的两把——茶壶的品质天壤之别，我轮流用它们泡茶——好茶用蹩脚茶壶泡；蹩脚茶用好茶壶泡，我既不成人之美锦上添花，也不落井下石越描越黑。

我结婚之前与父母同住，喝茶也就不花钱，有一次，拿到一笔稿费，在当时看来数目不小，又正巧有朋友去福建出差，我就让他捎点"大红袍"或者"铁观音"，这两种茶在江南市面上看不到。不像现在改革开放啦，什么茶都能看到，但是真是假，全凭你的造化。我翘首以待，朋友他终于回来，一见面他就说我的那些钱只能买"大红短裤"或者"泥菩萨"。至此我才知道茶原来是很贵的，于是我喝茶就更不讲究。

回忆里，往日美好，是我三十年前在虎跑喝龙井，二十年前在紫金庵喝碧螺春。这已不仅仅喝茶，是在做积德事。可惜在紫金庵喝碧螺春刚喝第二开，外地来的小说家一定要我陪他去看泥塑，等回来再喝，茶味已过，就像眼睁睁看着邻家少女老了，却一点忙也帮不上。

茶意五帖

她说那些老茶树是乔木，长满苔藓、藤蔓以及寄生物，有的长着茶茸，一种草本植物，又叫"螃蟹脚"，树龄不到，"螃蟹脚"长不出，现在则有人作假。她给我看她拍的照片，茶茸英姿飒爽，我是第一次见到。

喝着她自己跑进深山收来的茶。她说这款茶就是老茶树的，气厚。她告诉过我树龄，我想不起了。我妻子说她没有喝过这么质朴的茶。

我的感觉有些不同，不觉得质朴，起码不仅仅是质朴。喝到第三泡时，"横空出世，难以为继"，如读韩愈诗。

说是读韩愈诗，这有点应酬。韩愈诘屈聱牙、横征暴敛，因为他渊博，一渊博自然横征暴敛；他又好奇，一好奇自然诘屈聱牙。如果茶的味道诘屈聱牙，茶的香气横征暴敛，定不是好茶。我这样说，无非觉得这茶味渊博和茶香好奇吧。到底如何，我也当时惘然，因为过去和未来都惘然了。

此刻我想起来我喝到第三泡时，觉得的，忽然觉得的，是我并没什么经历。

一直坐在你们对面喝茶：你们给我。

石田深深刮风扁，春水浅浅涨月圆。喝这款茶的时候，脑袋里掉出两个句子。前一句滑稽，后一句苍白。也是这款茶给我的印象。"风扁"，这茶味薄；"月圆"，这茶香满。香不能太满，满就没有回旋余地。好的茶香——香之意味回到空无。说空无不准确，是空明吧。香之意味回到空明，令人远望，或许是怅望，最好是怅望。

常常是这样的，有的茶初泡奇香，就这一泡，随即香消，茶味也跟着浇薄。这是茶香夺茶味。说到底，喝茶还是喝个味，味第一，香其次。不必过于强调茶的兰花香、桂花香、玫瑰花香和板栗香，再香也香不过兰花、桂花、玫瑰花和板栗。我直接去闻兰花香、桂花香、玫瑰花香，我直接去吃板栗就是。茶的香，好就好在似有似无、时有时无，好就好在遗貌传神。遗的是花香之貌，传的是灵气之神。天地之间一股活泼泼灵气！

午夜时分，我们喝另一款茶，他们不喜欢，我说：

"这苦味，我觉得挺厚。我对茶的理解是许苦不许涩，怕薄不怕厚。苦味是厚，涩味是薄。苦，不一定不是好茶，细细品来，苦超过涩，苦而不涩，就算得上不错的茶。人世的不幸、遗憾，我们太贪。我现在觉得不幸是一种贪婪。"

此话乏味，屏风上一只工笔白鹦鹉昏昏欲睡，一惊，一扑，掉入茶壶，闷死了。

近来喝完茶，我会把叶底收入一青花小盘，舍不得丢。我有观叶底之癖。碰巧岩茶和碧螺春挤在一起，就像老黑的花脸搂住嫩绿的花旦睡觉，鼓声琴声响起来。再看，又像绍兴霉干菜和上海小青菜，霉干菜蒸着吃，小青菜炒着吃。我观叶底，从男女观到饮食，我快一人得道鸡犬升天：海水蔚蓝，滚滚红尘若几朵桃花默默无言。

多好，大伙儿都默默无言，忙自己的事。

我那天在"老舍茶馆"遇到朱女士，她是苏州人，听说我也是苏州人，就送我二两"苏萌毫"，即苏州产茉莉花茶。我很少喝茉莉花茶，我在苏州时候，并不知道"苏萌毫"，到北京后才知道的。一次喝着茉莉花茶听西河大鼓，有茶人说喝的如果是你们苏州的"苏萌毫"，那就两美了。

2006年1月29日，大年初一，我在北京，家里没青橄榄，也就泡不成故乡"元宝茶"，总觉得少些喜庆。往年春节期间我在北京也没"元宝茶"喝，但我书红看花饮酒喝茶，还是很喜庆的。昨天下午，磨浓了墨正欲书红，才发现一卷洒金红宣找不到，可能早被我用完。而偏偏水仙已谢，腊梅再也没人送，是不是冷清呢？有花有茶，是不是喜庆呢？要现在有花有茶，我只得喝花茶。泡出"苏萌毫"，一喝之下，果然有神来之笔，只觉花香茶味互相谦让，颇具君子风度。

我以前喝过的茉莉花茶，如周围人事，茶味一直退避三舍，而花香还是穷追不舍，茶味偶尔抗争一下，结果还是被花香压了下去，于是我带着一嘴巴别扭之花香，奈何它不得，它在我口中小人得志，洋洋得意。记得有一回它把我逼急，我就去搬救兵，在浙江菜馆连吃一盘油炸臭豆腐干（辣酱要辣），方逐客出境。

我觉得"苏萌毫"茉莉花茶在乍冷还热——它的茶汤温度在乍冷还热之际，茶味醇厚，花香幽静，细嚼慢咽，幽静了——后院棋声安详地眨动眼黑眼白，真幽静。

写完一封信，喝茶。虞山茶。

虞山是半出半入的山，茶有士大夫气。这么说或许勉强，但与碧螺春不同确实明显。如果用性别区分，碧螺春为女，虞山茶为男。如果用年龄规划，碧螺春为青年，虞山茶为中年。茶真个是繁星在天，各有光芒。

　　记得某年在兴福寺方丈室，我画了一下午画，黄昏时候上山转转，于竹林看到独独的一棵茶树，我第一反应是它永无出头之日。浓荫蔽日，不管朝阳还是夕阳，都被竹林一手遮天。我对这棵阴影之中的茶树心生怜悯，我们是兄弟。阿弥陀佛，我们是兄弟。

好事成双

　　水仙开了，心里清淡，不想做事，就喝茶。喝着名"水仙"的武夷岩茶。水仙岩茶与水仙花两码事，但在水仙花下喝水仙岩茶，觉得好事成双，美滋滋的。这水仙岩茶是我前不久从武夷山茶人刘先生那里买的，当初想要个半斤，他说来三两吧，每个人有不同的茶缘，不妨先试试。

　　水仙花清淡，水仙岩茶却浓郁，两个放在一起，像一会儿听古琴，一会儿闻羯鼓，心情大起大落，颇有戏剧性。

　　水仙岩茶是武夷岩茶中的一种。武夷岩茶为乌龙茶类，属半发酵青茶，我很喜欢看它汤色，我更喜欢听它品名，十分有趣，略抄一些：大红袍，白鸡冠，铁罗汉，水金龟……我要给它们编出戏：大红袍是老生，白鸡冠是小生，铁罗汉是花脸，这三人义结金兰，称兄道弟，对了，还得请几个女人来戏里，无女不成戏，兰贵人怎样？老茶婆怎样？兰贵人和老茶婆也是武夷岩茶品名，兰贵人是花旦，老茶婆是老旦，行当差不多全了，可以往下走了，白鸡冠爱上兰贵人，不料水金龟作怪，水金龟是丑，于是一场恶战，欲知后事如何，请听下回分解。但没下回。

我在不知道水仙岩茶的来历之前，以为它有水仙花香，半天没嗅出，看叶底，见它柔软舒长，像水仙花柔软舒长的叶子，就认定水仙岩茶的来历。笑话了。后来才知道掌故：水仙岩茶原产祝仙洞，道光年间有泉州苏姓者途经那里，看见一棵茶树，采点回去，试着制茶，想不到竟有天然花香，就命名"祝仙"，当地"祝""水"同音，天长日久，成了"水仙"。

我很难明白"祝""水"同音，就像北京人很难明白苏州人"王""黄"同音，"吴""胡""何""贺"不分一样。

一翻书，无意带动桌上水仙花，似乎要与茶气翩翩对舞，一阵花香脱衣而来。

喝了七泡，水仙岩茶还有余音绕梁。我嗅着杯子，隐隐地带着兰花香。有人说，水仙带兰花底，就算不错的岩茶。

那天，刘先生请喝老枞水仙，茶树树龄一百七八十年，是他家的，他家几辈人都种茶。我喝到青苔香，据说这是老枞水仙的一个标志。老枞水仙的树干上会长满青苔，苍绿的精灵，墨绿的精灵，在茶园、在山中，身如阅世老禅师。

老枞水仙在刘先生家乡已经不多，20 世纪 70 年代喝武夷岩茶的，流行喝肉桂，茶园就这么大，茶农砍掉水仙种肉桂。想不到现在流行喝水仙了。

正喝着，刘太太月环进门，她说喝老枞水仙啦，问我喝没喝到另一种香。

其实我刚开始喝到的并不是青苔香，喝第一口时候，感到一种香如此熟悉，却说不出来。喝茶经常会碰到这种情况。月环告诉我，是粽子叶香。她又告诉我，大红袍的正宗茶香也是粽子叶香。

第二天早晨，我嘴里还在过端午节。

香艳小说

近来绿肥红瘦，喝不到祁门红茶。二十年前，是二十年前吗？我在桃花坞上班，隔一条马路有个茶庄，店内经常开一小灯，一副老于世故的黯然，但我很喜欢去那里逛逛。香啊！我喜欢去逛的地方还有中药铺，也是，香啊！药香是入世的；茶香是出世的。入世出世，都——香啊！这样的人，一生简直就是一朵花。有一次我又在茶庄逛，听店员给他朋友推荐祁门红茶，说刚进的货，等级不低，价格却便宜，你可以买一点。我也买了一点。在这之前，我对祁门红茶一无所知，我祖母和我父亲只喝绿茶，说红茶火气大。回到单位，我忙用紫砂壶冲泡，紫砂壶就像那个茶庄似的，一副老于世故的黯然，往里瞻眺，半天也看不清汤色。于是我马上去杂货店，买回一只玻璃杯，很让同事笑话，说喝点红茶喝出名堂来了。

（对了，苏州人用茶壶喝茶，直接叼住茶壶嘴，像吃奶似的，不用茶盅。）

记得那天我用玻璃杯重泡，它汤色红艳，在这红艳之中，似乎还有一道山门，山门的影子是金黄的，香气腾云驾雾满满地围住我，又有新的红艳弥漫。我觉得自己不仅口福不浅，艳福也不浅。

多年以来，我把喝祁门红茶当作读一部香艳小说。

这么说祁门红茶，态度是不是轻浮？

虽然祁门红茶历史不过百年，却极富历史感，甚至有传奇色彩。原先祁门一带只产绿茶，直到光绪年间，有个在福建做官后来回乡经商的黟县人，觉得红茶利厚，就设立起红茶庄，仿效闽红做法，做起祁红。祁红是祁门红茶简称，让我联想到祁连山，于是胭脂显灵。也许正因为做的是红茶，那个黟县人一下走红。黟县人是很聪明的，我认识不多的聪明人里就有三个黟县人。

人说祁门红茶的特点似花非花，似蜜非蜜。我猜想似花非花说的是香气，上乘祁门红茶，据说带兰花香；而似蜜非蜜，大概说的是回甘。似花非花，似蜜非蜜，许多茶这样，也就说不上特点，只是共性——好茶的共性。事实似花非花似蜜非蜜说的都是祁门红茶的香气。

祁门红茶的特点，在我看来还是它的香艳。晚清的香艳小说，态度有时是轻浮的；但"香艳"这两个字，并不轻浮。

冬天晚上，喝一杯祁门红茶，如果碰巧下雪，就像守着红泥小火炉，说不尽日常生活里的庄严。也是说不得。

那就说不得。这篇文章是我写好后消失，又重写的。前几天下午，我正写着这篇文章，不多说了。也是另一种说不得吧。我更相信这个缘故，既然名《香艳小说》，态度难免轻浮，于是时光如水，它在水上漂，如此这般地漂走了——轻浮而去。

回到开头，我说近来绿肥红瘦，并不准确，近来喝普洱才是时尚，应该说黑肥绿瘦红落尽，香艳小说被武侠小说替代了（这是一篇旧作，红茶现在已很流行，还有黑茶；而普洱早从黑茶类独立而出，并开始——在江南——有点不走运的样子。2012 年 4 月 1 日上午跋于目木楼头）。

青梅竹马

一些人嫌碧螺春淡。碧螺春就要淡，它用它的淡，固执地给喝茶者留下印象。或许多年以后，花前月下，波澜不兴，我们又会回忆起碧螺春来，觉得这淡，如此典雅，哦，原来碧螺春一生修养，就修养这淡。

碧螺春的淡，淡而有味，"人淡如菊"，一位窈窕淑女肌肤粉嫩身材娇小跳出红尘之外。碧螺春是寂静之茶，没有欲望。我喝正山小种能感到此茶的欲望，生命之热，呼风唤雨。这是两种风格，硬做比较的话，"山路元无雨，空翠湿人衣"，碧螺春是王维山水诗；而正山小种，总会让我想起"山红涧碧纷烂漫，时见松枥皆十围"，韩愈的文气。

"欲造平淡难"，所以碧螺春真不容易。喝它不容易，我写它也不容易。

喝碧螺春需要意会，会心一笑。

喝碧螺春能喝到会心一笑，凡事也能"归绚丽于平淡"。

这时候好像偏偏又来一个唐太宗，竟然觉得碧螺春绚丽。这么绚丽，全在不露声色之中。不露声色，露了香气。碧螺春香气是绚丽的，花果香是碧螺春的个性。说碧螺春个性如花也是对的，但这花不是山茶花，也不是牡丹花，碧螺春香气的形状（香气是有形状的，用心就能看见），没有山茶花形更没有牡丹花形那么肥大，如果说山茶花牡丹花像碗像盆，碧螺春香气的形状就似酒盅，它是小小的、含蓄的、凝练的、内敛的，甚至不乏谨慎，这一点上，很像苏州人，当然是传统苏州人。传统苏州人是很有形状的，我小时候在小巷还偶尔见到，现在跑遍城里，苏州人都像印度红茶了，反正我说不出话不出此等风味。这话过了，得罪。

碧螺春常常被种在枇杷树下、杨梅林中、板栗园间，耳濡目染，尽管身不能像枇杷打金弹、杨梅落红丸、板栗推敲毛粒子，但气息上早已与枇杷杨梅板栗的花香果香难解难分。

之所以碧螺春香气是小小的、含蓄的、凝练的、内敛的，因为枇杷杨梅板栗开花，它们的花就是小小的、含蓄的、凝练的、内敛的，不注意的话，没觉得是在开花。枇杷杨梅板栗的果实也是如此，上面说到碧螺春香气的形状没有山茶花形更没有牡丹花形那么肥大，也可以这么说，碧螺春香气的形状没有西瓜更没有冬瓜那么宏伟，甚至比一粒蓝莓还小。

今天下午，我试着用功夫茶茶具冲泡碧螺春，盖顶居然落入一股团团转的青梅香，即喝一盅，体会到——我从没有享受过的碧螺春的天真无邪！碧螺春的茶味还有天真无邪的味道，在我是第一次。是不是联想的原因呢？我由青梅之香联想到竹马之声，青梅竹马，天真无邪，顺水推舟，不费力气。喝茶需要不需要联想呢？我的意思，自然而然，青梅无意侬嗅，竹马随便郎骑。

旧时月色

　　我对六安瓜片的兴趣，其中有种好感，完全因为汪先生。汪先生他对六安瓜片的狂热，像少年人酷爱幻想、好茶酷爱好水一样。汪先生是茶商，他对我说，他受过刺激，尽管六安瓜片是中国十大名茶之一，但一些卖茶人都不知道六安瓜片了，以为地瓜干。于是汪先生决定把一生献给六安瓜片。他是有福的。我想把一生献给碧螺春，我根本没这个福气。虽然我还不至于把六安瓜片当作地瓜干，但我真正喝它，却是不久前的事。记得那次喝六安瓜片，赵先生冲泡，朵朵瑞云杯中升起，状如金莲花，真似我写过的"云头花朵"这四个字，心里就有些结缘的喜欢。我向赵先生请教六安瓜片，赵先生就把汪先生介绍给我。我与汪先生见过几次面，宛若信步山中，大树下喝了一回茶。

　　六安瓜片，"瓜"，指证外形，形似瓜子（以前六安瓜片就叫"瓜子片"，为了称呼上的方便，逐渐简化成"瓜片"）；"片"，示意内容，以单片为单位（术语称作"壮叶"），不带芽和梗，好像江湖上一位赤手空拳、特立独行的大侠。

它大概是中国独一无二的片茶。

赵先生冲泡之前，我欣赏干茶，只见六安瓜片的叶色，这种绿，是什么绿呢？中国的绿茶之绿，都绿得不同，各有讲究，我是外行，对六安瓜片的绿，终于说不上来。当时请教赵先生，赵先生也说过，想不到我此刻忘了。但干茶叶片上的白霜，给我美好印象：春夜寒意未消，星星在碧空之中冷然的眼色。

六安瓜片按山势高低，分内山瓜片和外山瓜片两个产区（极品六安瓜片只出内山），海拔三百米以上的为内山瓜片，除此都属外山瓜片。内山瓜片产于高崖深谷，阴湿隐蔽，烈日照不到，寒风吹不透，云滋雾润，叶片的肥厚理所当然。由于叶片理所当然的肥厚，茶味也就顺理成章的浓重了。而最为独特的还是制作工艺：拉老火——它一锤定音，形成六安瓜片特殊的色、香、味、形。

经过采摘、扳片、炒生锅、炒熟锅、拉毛火、拉小火这几道工序，最后一次烘焙就是俗话所说"拉老火"，也有说成"打老火"。拉老火场面壮观：木炭通红，火气盈尺，两个茶农抬着烘笼烘上三五秒钟，立即抬下，分头翻茶。抬上抬下，边烘边翻，据说要连续翻烘八十一次，直至叶片绿中带霜。想不到白霜是火炼出的。

赵先生冲泡的六安瓜片，汤色质朴，我只能用质朴加以形容，一臻质朴，而香气自然沉着，而滋味自然高古。

后来再欣赏干茶，我觉得更像旧时月色中的一笔厚实与大度。

蒸青闲笔

　　蒸青是茶叶加工工艺，从唐代传到明代，大概所蒸时间过长，给蒸黄了，于是明代人就自觉地站立起来共同扫黄。蒸青在明代式微的原因，是茶叶另一加工工艺炒青滥觞，于是明代人就自觉地站立起来共同炒作。蒸青，珍禽呀。现在要喝到蒸青茶，不容易。蒸青名品"恩施玉露"，我肯定没喝过。但也不一定。昨天我说我没喝过"白毫银针"，今天偶翻日记，发现我不但喝过"白毫银针"，还有感慨："喝茶给我的启示——这是在尘世努力与积极地享受。"蒸青名品"恩施玉露"我或许没喝过，蒸青茶我是喝过的。我喝过"新林玉露"，它也是用蒸青法制作。去年我喝了。去年我喝剩的半盒"新林玉露"，一直存放在书架上，它的外包装很有东洋风，仿佛浮世绘局部，正好用作川端康成和三岛由纪夫他们文集的伴娘。下午我拿出来喝了：它的茶味，会绕过舌尖、舌心，快速地通过舌头两侧，往舌根压去——舌根那里沉甸甸的。也就是说苦。凡是好茶，它的味道决不会一味。它是很丰富的，一口好茶在舌头上会无穷无尽变化：一会儿世代书香，一会儿变迹埋名，一会儿把素持斋，一会儿错彩镂金，一会儿方面大耳，一会儿忘象得意，一会儿穿红着绿，一会儿格高意远，一会儿汉宫威仪，一会儿不耻下问，一会儿话中有话，一会儿黄卷青灯，一会儿款语温言……或沧海桑田。或洁身自爱。或哀莫大于心死。说到底，茶的味道又是雅俗共赏的。"新林玉露"作为茶，它有点像长工，在一群人崇拜的眼光包围之中一味诉苦。而一味诉苦，这，这也就是蒸青茶的特点吧，我也拿不准。拿不准还有我没对它好好收藏。茶是要收藏的。

下午，我喝了河南蒸青（蒸青茶让我觉得颇有高古之风，但不免质直，"文似看山不喜平"，喝茶何尝不是如此呢），又喝了安溪铁观音和滇红。

"只有你知道，茂陵多病，幽树多花。你知道楼头——萧萧，喝铁观音，萧萧风铃声，萧萧枫林深。"

"吃晚饭前，我看了看红茶叶底，仿佛雷诺阿的油画作品；我摸了摸，质感一如丝绸。我不多的喝茶经验告诉我，叶底色彩丰富的，茶味也厚；叶底质感柔滑的，回甘也好。"

这也是奇迹吧，即使我饱喝铁观音和红茶，蒸青茶的味道还时不时在舌根上跳一下，说：

"我在这里！"

茉莉花茶

有一扇纸窗，桑皮纸糊的。我见过我所见过的最大一棵桑树，我就在它附近找梓树，没找到。女人烧香踏着宿雨回来，经过桑树下面，脸是绿的。我最爱女人的脸能够绿。或者女人的嘴唇能绿。我讨厌口红。我发明口绿。女人嘴唇是绿的，棱角分明竟然有些桀骜不驯，这很难。我见过一个嘴唇是绿的棱角也有些桀骜不驯的女人，但长着一副猫脸。我很害怕她蜷缩在腹部的爪子。

有一年，我访谈龙先生（还是卢先生？一位研究滇金丝猴专家），他给我看滇金丝猴照片，大特写，滇金丝猴嘴唇是红的，尤其母猴嘴唇，红的，反正自从我见过母滇金丝猴嘴唇之后，我就觉得女人的红唇算什么啊！有许多还是口红。

不如口绿——滇金丝猴爱吃松萝，吃得再多，它们的嘴唇也不会绿，因为它们的嘴唇太红了。我觉得龙先生（还是卢先生）的长相也像滇金丝猴，我有意要看他早年照片，有点像国宝，他以前是研究熊猫的。以前，我的邻居养了一条狗，他与狗越长越像，说得不含糊，就是他越长越像他养的狗，我问他为什么不是狗越长越像他，他说，那怎么行，我家宝宝多漂亮。有一天他从门缝里探出头向我打招呼，我六楼一直下到底楼还没明白，老张家的狗什么时候会说人话了。你看老张和他的狗长得有多像。

老何邻居，一个嫁给台湾男人的苏州或苏州郊区女人，做太太了，生下的孩子也能用调羹吃饭了。调羹，这名字多好，能看到握调羹的手，手指甲上涂点粉红的指甲油。指甲不能绿，指甲一绿，就像大葱一样贱卖。现在多把调羹直呼勺子，或者为和大勺子区别，不乏精确地称之为小勺子。

苏州或苏州郊区女人常常爱嫁台湾男人，上海或上海郊区女人常常爱嫁欧美男人。一天我在饭桌上听人这么说，语调似乎有种等级，我正捉摸着，对面一人喘口气，他说，欧美女人常常爱嫁北京男人，咱们牛×。他大概是北京人了，听口音又像合肥人。我想欧美女人爱嫁北京男人和你这个合肥人有什么关系？瞎掺和什么啊。后来想想北京真是首都，大牛×，它能让来北京的外地人都觉得自己是北京人，它能让真正的北京人都觉得自己是国家主人翁。老何邻居，一个嫁给台湾男人的苏州或苏州郊区女人，等生下的孩子也能用调羹吃饭，不用她太操心之际，就养了二十几条狗。昨天我看看她像这条狗，明天我看看她像那条狗，她长乱了。

人宠爱什么，就会像他宠爱的东西——止不住的像。水墨画家越长越像他的毛笔，干时蓬蓬，一吃墨，就又脑袋削尖；油画家大都长得像是挤破的锡管。但也有几个水墨画家和油画家长得不分彼此，细看之下，发现他们长得都像钱，当然，还有些区别，有的更像美元，有的更像人民币。

有一扇纸窗，桑皮纸糊的。如果我有一扇桑皮纸糊的纸窗，我就请画灶头的根生在纸窗上画出花花绿绿的树、鱼、公鸡、凤凰、牡丹，花花绿绿得让那些抒情诗人看不懂，别以为他们已经看懂里尔克、瓦雷里或者但丁，就能看懂根生手笔。

有个记者采访著名诗人，记者把"但丁"写成"蛋钉"，是不是想吃"门钉"，这很好。"门钉"是我前几年爱吃的一种肉饼，名"门钉肉饼"。

有一扇纸窗，桑皮纸糊的，上画出花花绿绿的树、鱼、公鸡、凤凰、牡丹，我就在纸窗下喝茉莉花茶。我是不爱喝茉莉花茶的，在画出花花绿绿的树、鱼、公鸡、凤凰、牡丹的桑皮纸糊的纸窗下，我才喝茉莉花茶。我没有画出花花绿绿的树、鱼、公鸡、凤凰、牡丹的桑皮纸糊的纸窗，而以画灶头为生的根生，也已死去多年。他是苏州虎丘乡人，享年六十三岁。

虎丘乡产茉莉花，现在也不产了，花农一是地少，二是挣不到钱。要发大财，要发大水，身前身后，越长越像。

除夕夜茶

各自在家里吃年夜饭，饭后约在一家茶馆碰头。酉先生自带上乘铁观音，人头济济，我也没喝出好处。

他们与茶馆老板、服务员一起包饺子，我不会包，心想人少一技，就多一闲。

时近零点，吃饺子，喝啤酒，说话，有人说哪里蟋蟀叫？乙先生从怀里掏出一只葫芦，拔掉玳瑁塞子，引出蝈蝈，一边说着"助兴助兴"，一边把葫芦倒扣饭桌，让蝈蝈在葫芦底上，忽爬，忽停，忽叫，忽止，也是一闲。蝈蝈翅膀上有两点红色，这是调音，乙先生给点的药。酉先生说乙先生快成音乐学院教授了。座上正有音乐学院老师，弹箜篌的，好像是弹箜篌。我说这两点朱砂吧，真艳；乙先生说就是朱砂，这药由朱砂、松香和石蜡合成。我把乙先生药方抖出来了。

吃完饺子，喝罢啤酒，四五个人意犹未尽，就去酉先生家喝茶。已经凌晨两点，除夕夜茶即初一晨茶。路上放炮的人还是不少，今年是北京从禁放爆竹鞭炮到限放爆竹鞭炮，跃跃欲试，在所难免。

洗手，煮水，活气晨香，屋顶安静。觉得蝈蝈也吵了，乙先生把葫芦放到阳台，那里温度低，蝈蝈不能如坐春风，于是噤若寒蝉。在我们的气候里我看见一个人把春联贴上瓦片，麻雀在那里做窝。麻雀是不做窝的，我在写寓言？不会！

第一道安吉白茶。酉先生去村里从茶农手上买来，一斤千元。安吉白茶是白叶茶绿制，虽然名曰白茶，实是绿茶，就像韩愈字退之，人生态度却极其进取，一点也不后退。怎么又说到韩愈啦？近来我真觉得他好，老了还有少年意气。

乙先生自告奋勇要泡茶，酉先生家茶具皆为紫砂，他使惯白瓷盖碗，所以泡得并不如意。他说他泡过几回上乘安吉白茶，喝完铁观音和普洱，再喝它，口中还接得上去。

安吉白茶叶底漂亮大方，白叶底（渗透着一层淡黄），青绿的叶脉贯彻到底，好像绢上工笔。

第二道铁观音，说是特级，泡了三泡，乙先生罢手，说没泡出它的特点，请酉先生上新茶吧。酉先生端起茶壶，转着看，看了一会儿，觉得倒掉可惜，接着泡。不可思议，酉先生的第四泡，竟然给乙先生泡出的笨拙，补上灵气，入口和回味也甘滑了。第五泡枯木逢春，而酉先生这时却像老衲在对面入定。

第三道，这次茶叙的压卷之作，也就是早有耳闻的十三年铁观音——存放了十三年。我看看干茶，色如黑松（暂且这么说，不够准确），我嗅嗅干茶，有岩茶香气，但不那么火气。开汤一喝，很像岩茶，我的喝茶功力，如果不先告诉这是铁观音，我绝对喝不出这是铁观音，以为岩茶无疑。

酉先生说，这十三年铁观音可遇不可求，当初茶农把他当年卖剩的铁观音重新焙火收起，准备第二年卖掉。第二年，茶农忙着兜售新茶，忘记这事，等他想起，就又过去一年，茶农拿出来喝喝，觉得味道有变，在往好里变。这样他索性每年重焙一次火，焙了七八年，一半自己喝，一半拿到市场卖，只是没人发现它好，价格也就极其便宜。酉先生捡漏，全买下来。十三年的来历是在茶农那里七八年，加上酉先生这里五六年，也就是说或许十三年不到，或许十三年不止。

这款茶喝到十四五泡过后，茶味尽管淡散，还是不出水汽，相反——铁观音的味道渐渐浮出，我的理解，也不能说就是铁观音，反正是一种与我亲近的味道渐渐浮出，亲近又陌生。

刚才，这十三年铁观音投奔岩茶，岩茶对这十三年铁观音曰："似我者死，学我者生。"

刚才，这十三年铁观音投奔铁观音，铁观音对这十三年铁观音曰："学我者生，似我者死。"

万般无奈，这十三年铁观音一跺脚，说：

"彼处不留爷，此处不留爷，哇哇哇，罢罢罢，爷自立门户去!"

橄榄札

小妹拿来一袋新鲜橄榄，结实明朗，宛如清泉水底苔意沁碧的鹅卵石。

茶中杂以它物，由来已久。《茶经》摘录《广雅》，有用茶与葱、姜和橘子合煮的记载。先人时代，煮茶为饮。现在除少数民族地区的一些饮茶习俗，大多数人不会在茶里下葱、姜和橘子的吧。

苏州人新春会在茶里下橄榄，名"元宝茶"。

茶是绿茶，如果橄榄下在碧螺春茶里，滋味更好，盈盈，隐隐，气息影青。

泡碧螺春一般下投，先斟水，再投茶。刚才，我试试水温，六十多度，个人经验不下投也行。我在玻璃杯里放入一枚橄榄，再投碧螺春，淅沥似雨，有水注入。第一口是碧螺春的香与味，第二口是碧螺春的香与味，第三口新鲜橄榄的香与味像兰花的一根叶子弱不禁风地从深处抽出，撩拨舌尖，软刺上颚。随后是一会儿碧螺春的香与味，一会儿橄榄的香与味，交替穿插，井水不犯河水。它们融为一体是在三泡过后，但这时也人老珠黄没精打采了。

《茶经》摘录晋朝人社交礼仪，寒暄过后要请客人吃茶三杯，然后奉上甘蔗、木瓜、元李、杨梅、五味子、橄榄、悬钩、葵羹各一杯。记载不详，不知道是甘蔗汁之类，还是果盘？如果是喝甘蔗汁之类（原文用"各一杯"字样），加上前面三杯茶，共有十一杯流质，大有水淹七军的架势。社交礼仪往往是让人受罪的文明，独处才说得上不亦乐乎。

上面说到甘蔗木瓜，日常里我很喜欢杨梅和橄榄，姑且不言它们的滋味，就是这两个词的形声，就使我喜欢。我没吃过新鲜木瓜，据说嚼之无味，难道它是伪装成水果的鸡肋？陆时雍《诗镜总论》里说："余尝谓读孟郊诗如嚼木瓜，齿缺舌蔽，不知味之所在。"看来并不是嚼之无味，是不知味之所在，一点悟性也没有，那么不是木瓜的错。

为了验证"如果橄榄下在碧螺春茶里，滋味更好"，我试着把橄榄与六安瓜片同泡，用白瓷盖碗。

我先在白瓷盖碗里放入一枚橄榄，也真是怪，六安瓜片往白瓷盖碗里奔去，偏不凌驾于上，只是洒落聚集在橄榄周围，橄榄像是被六安瓜片抬举出来的，但橄榄的神色却不得意，相反更为谨慎。

六安瓜片圆周如巢，橄榄好像安卧其中的绿色鸟蛋，我都舍不得灌水。

茶　梅

　　朋友送我一盒台湾"鹿谷茶梅"，图案很有趣，一碟茶梅，两片鲜叶，衬着茶园——剪成梅花形状，有趣在我粗看细看，反正我怎么看，剪成梅花形状的茶园都像几棵青菜。我就把这包装盒留下。

　　"鹿谷茶梅"原料：信义风柜斗青梅、鹿谷冻顶乌龙茶梅、茶汁、果糖、盐和甘草天然合成香料。

　　包装盒上还有一首诗，"一夜东风吹石裂"，我就是这样想象冻顶的，而"伴随风雪渡关山"，似乎要去戍边。

　　"鹿谷茶梅"颗粒硕大，肉质肥厚，虽少梅子味，工艺却颇有特色，打开袋子，里面有稠粘的茶汤和完整的乌龙茶叶。

　　现在大陆也产茶梅，绿茶梅，乌龙茶梅，碳熏茶梅，还有不伦不类咖啡梅，也算在茶梅品种里。不知为什么，没见过红茶梅。

　　梅花开的时候，它的风韵已经有不少人论及，车载斗量。但我更喜欢梅花落尽，梅叶老成，尤其是夏天，梅林一走，真有幽静之感，幽深之思：天气与光线正好恰到好处，天气说阴未阴，说阳欲阳，光线则是微言大义，谈吐不凡。

此刻我正梅林一走，觉得自己是危言耸听的长颈玻璃瓶中的一滴酒。光线浓了重了，我就是一滴黄酒；光线淡了轻了，我就是一滴米酒；光线不浓不重不淡不轻，我就是一滴杨梅酒或者葡萄酒。如果葡萄酒的话，就是干红。我喝酒差不多喝到境界，平日滴酒不沾，也能有一分醉意，所以我索性不喝酒而喝茶了。哪天我再去梅林一走，会不会觉得自己是门庭萧瑟的梅桩紫砂壶中的一滴茶？想不到茶更醉人，我不去梅林一走，就已经觉得自己是一滴柴盐油米酱醋茶了。

说到酒，我觉得茶梅下酒，不错；用它来供茶，味道稍过。

绿茶梅，乌龙茶梅，碳熏茶梅，这三种茶梅，绿茶梅和乌龙茶梅香料添加太多，碳熏茶梅不错，我喜欢它的烟火气，有卢仝《走笔谢孟谏议寄新茶》味道。纱帽笼头，自煎茶吃，卢仝这一首诗传唱千年，"七碗"之吟，如珠走盘，似水泻地，气韵生动，层层推进，又云蒸霞蔚地叠加一起，饮茶的功效，饮茶的审美，饮茶的文化，在这"七碗"之中淋漓尽致。"七碗吃不得也，唯觉两腋习习清风生"，饮茶的快感到"吃不得也"，也是匪夷所思。更匪夷所思的还是："便为谏议问苍生，到头还得苏息否？"卢仝从茶进茶，从茶出茶，由茶之内的茶吃到茶之外的茶，他之所以被尊为茶中亚圣，道理或许是在这里。

"七碗吃不得也"，八碗不得吃，茶淡也。茶淡了吃茶梅，方有回忆——

去年我在太湖东西两山游玩，村里人正大砍梅林，他们说梅子不值钱，要种茶树。

茶渍记

常常这样，我喝完最后一泡茶，已是凌晨，也就懒得清洗茶具。第二天看茶盏，竟然好看，好看的是茶渍，于是有些舍不得洗掉。有时我就索性隔夜留些茶汤在茶盏里。

一次我喝岩茶，四只茶盏里的茶汤没泼干净，明天醒转来一看，有只茶盏里的茶渍尤其好，由于倾斜，茶盏底部沾上几片茶叶的缘故，茶汤就在一侧形成浓重的茶渍，逶迤，高耸；低眉退身，而另一侧淡然。茶盏里已经不是茶渍了，好，乾坤佳山水，又恰有岩茶的碎片浮沉茶汤，看得见扁舟一叶出没风波，而舟上人须发逆风，秋江万里。可遇不可求。

岩茶茶汤一夜之间在白净的瓷茶盏里写意而出的茶渍是浅绛色的。这种浅绛色，极其靠近浅绛山水画上的色度，不，还要偏浓一些，没有浅绛山水画上的色度来得寂静，但茶渍自有湿度，此时动人滋润，正是：

秋山雾起行春雨，一衣朱丹带水青。（杜撰）

颗芥粒米，万水千山，茶汤经过的地方，都会留下茶渍。我喝茶，用这三种茶具：紫砂壶、白瓷盖碗和玻璃杯。喝茶者的茶具大致如此吧，也不一定，就有人爱用石壶喝茶。江湖上有位英雄豪杰，远远望去，他像在玩石锁，走到近边，只见热气从石锁的洞洞眼里冒出，才猜到原来是一把茶壶。这位英雄豪杰喝到好茶，会"哇哇哇"一阵大叫，这在茶馆里会引起麻烦，续水的茶博士吓一大跳，忙赔不是，以为开水烫着他。某年缥缈峰下，文人茶会雅集，本不带他的，他不请自来，说要出个节目，让大家高兴高兴。他在石壶里放进茶叶沏满水，把石壶往天上一扔，接住，不漏一滴水。大家皆有兴趣，甚至急迫，想看他表演，他却不慌不忙说起茶来，他说石壶往天上一扔再接住，这叫"天地回春"，是泡秋茶用的；春茶太嫩，这么上天入地一来一去，茶汤就老了。英雄豪杰讲起茶经，居然座上没一个对手。石壶质地容易留痕，况且会让茶渍变色，比如岩茶的茶渍浅绛，非常文气，到了石壶里却是黑乎乎一大片。英雄豪杰常要清理茶渍，他手大指粗，探不进壶中，只得调

82

息运气，朝壶中吹上一口，然后盖紧壶盖，嗡——气流嗡嗡作响，在里面旋转，据他所说会转出三幅太极图。不多时，茶渍纷纷从壶嘴喷出，直上云霄，炮声隆隆。院子里槐花盛开，蜜蜂飞来，蜜蜂它光想着采花酿蜜，没注意翅膀底下他在清理茶渍，甜蜜的小身子骨就这么身遭炮击。呜呼！

茶渍在玻璃杯里，正是：

　　沧海月明珠有泪，蓝田日暖玉生烟。（李商隐）

茶渍在紫砂壶里，正是：

　　柿叶翻红霜景秋，碧天如水倚红楼。（李益）

茶渍在白瓷盖碗里，正是：

　　一溪初入千花明，万壑度尽松风声。（李白）

茶渍在石壶里，正是：

东指羲和能走马，海尘新生石山下。(李贺)

这是茶渍在不同茶具里的趣味，也是我的感受。无聊吧。

茶渍又记

在这不圆满人世，我常常说我的信仰就是自由和艺术。迟了。觉得迟了。喝茶也迟了。人走茶凉，人不走茶也凉，茶早已凉了。沉迷于趣味之中，无奈，执迷不悟。我执迷不悟地喂养五盏茶渍，色泽已经衰弱，壁画斑斑驳驳，洞穴没有出路。等一会儿我要把它们洗掉。蓝天中的云飞白，带着响声。水仙的茶渍如麻——纤维有体温。谁的体温？我起先以为是老虎，转动一下，又是大象了。皮毛的变化使我多年盲目。我忽然生出诡异之心，认出一个人舞蹈，长着猫脸。正因为长着猫脸，也就跳出人类。说什么性别！我看清楚猫脸的两只耳朵，没有胡须。它既然没有胡须我也就忽略胡须，我更依赖于那两只耳朵。猫脸如麻的纤维，如麻，纤维，带着，响声。猫脸也飞白。接着是碧螺春的茶渍，一轮满月里的兔子头。按照我的常识，月亮上有兔子：

这个依然喷上银漆坐在兔子头顶的兔子头，

　　发出"比比"之声，喷上银漆，给茶叶和树叶。

　　这不一定是月亮上的兔子。但如果我不盲目的话，细看茶盏：碧螺春的茶渍：我看到一轮满月里的兔子头并不是兔子头。我越看越像狗头，越看越像是狗头，一轮满月里就是狗头了。惶惑有一瞬也看成马头：

　　马头惟有月团团。

　　退之退之乾大坤大，茶盏里撑船——两岸灯火揉捻进菖蒲河顺流而下，海，一片雀舌。毛尖的茶渍意若雨花，心倦神疲，默坐湖山，少而壮，壮而老，日迈月征，骎骎晚境，凉竹簟之暑风，曝茅檐之晴日，看上去死心塌地，但不改旧时香味色。雨花也带着响声。继而普洱的茶渍。普洱的茶渍还是红艳绚丽，茶渍在茶盏底部形成一口水井。我照出别人面孔：

　　总为浮云能蔽日，长安不见使人愁。

　　最后一盏铁观音，养得晚，茶渍浅黄，晨露未晞，宛如落向深渊的一滴水。水落之际，顺便把刚才的梦记下：我和妻子晚年在扬州生活，一天去茶馆喝茶，茶馆主人抱着个穿红棉袄的小孩，我身上有些冷，就此别过。

书信摘一

上星期与泉先生雨中游太湖，在湖畔喝茶。泉先生赠我三小罐"贡牌"西湖龙井，每罐五十克，质量等级为 A 级。他说是昨天他们茶行业的一些人聚会，西湖龙井的老总送他的。我觉得很贵重，一小罐给了父亲，一小罐准备带回北京给你喝，一小罐现在喝。我直等到自己心气寂静的一个晚上，独对满瓶白梅，才开封享受。品尝之下，以为平常。虽然去年之茶，虽然茶性多变，但只要是好茶，尤其绿茶这一类，都如祁豸佳对张岱文章的评论："一种空灵晶映之气。""晶映"两字断得好。"晶映"作"晶莹"讲，就又味同嚼蜡了。但这种"空灵晶映之气"，又是"寻其笔墨，又一无所有"的。并不是真的一无所有，实在是不着痕迹。我不以为这三小罐"贡牌"西湖龙井是以次充好，仅仅说明，好茶在当代——污染的环境、浮躁的人心——它只会越来越少；而人对茶的评定，其衡持的标准也只会越来越低。"多少蓬莱旧事，空回首烟霭纷纷"，如此，秦少游说。我正胡思乱想着，一枝白梅从瓶中跳出，化为一只白猿，它说它要去西湖，给白堤上的桃花妹妹看面相。这白猿在学我，我近来在饭桌上多喝点酒，就会给人胡乱地看上一通面相。说来也奇怪，往往初次见面的，准确率极高。白猿在我借居的我父亲的书房地板上留下几缕银毫，萧萧，潇潇。我又想起西湖边的曲园风荷了。曲园后人在《唐宋词选释》中说，"萧萧"与"潇潇"词义是一样的。这倒省却我许多麻烦。我以前在形容风的时候用"萧萧"，形容雨的时候用"潇潇"，现在既可以风萧萧，也可以风潇潇；既可以雨潇潇，也可以雨萧萧。只是"潇洒"还不能写成"萧洒"吧，其实古人就这么写的，况且还是先有"萧洒"，后来"潇洒"。但"萧"的字形太像"肃"，天地肃洒，天地肃杀，三月初的苏州还这么冷！

雪光帖

　　雪光催我醒，才六点半钟。我以为是阴天的八九点钟。坐在床头喝茶，先喝了安吉白茶，又喝了六安瓜片。心里有种双安的心境。上午要去西山看梅花，母亲知道我要去西山，一直不放心，昨天太湖边才出车祸，况且今天又下雪。上午要去西山看梅花，前几天就定下的，老同学孙一心带我们去他的茶场。这一场雪为同学少年而下。现在都老了。我翻了几页书，还是放下，看窗口竹与桂的积雪之状，竹叶垂尖，桂叶拱圆。雪继续下着，沿着一条虚设的直线，无风闲落。雪花大小也像桂花。母亲在院子里，大声地说："积了雪的竹头蛮好玩的，像只球。"她看到了整个一丛竹，我只是看窗口的竹叶，所以是不同的。

茶话会

今天喝到了好茶，兴致颇高，我就与人说画，茶话会乃插画会也。归后记下：

中国画怕实不怕虚。

虚在三个方面呈现：章法，这是大多数人都知道的。笔墨，知道的人也不少。结体，这个常常被忽视。于是往往会遇到这样的情况，章法与笔墨都到位了，但气韵还是不够，原因是结体没有虚——一种中国人对事物的关照，特有的观看，在近一百年以来几乎丧失。

赵孟頫说颜真卿一变书法，语含不满，我猜想他的意思是颜真卿把字写实了。在王羲之那里，书法的结体与用笔都是虚的。

实而难虚，虚能致实。

《高高亭图》，白云勾勒，几无渲染，右面淡墨山头上飘着的几笔云，有仙气！

明代吴门画家里，周之冕是最会画画的，所以趣味不高。

孙龙的画，妙在飞白，用笔的速度——下次，他自己也不能重复。

孙龙的线条只要稍长，总会有一个或几个断处，增加了变化；吴昌硕、齐白石的长线条一拖到底，终觉粗俗。尤其白石。

黄宾虹对恽香山推崇，我想是这三方面原因：
元气。恽香山曰：一笔中具有元气。
意胜。恽香山曰：王摩诘积雪图虽似刻画而亦以意胜。
墨点。恽香山的墨点之用笔并不丰富，但擅用、善用，没有恶意。
这是表。其里是恽香山以儒为宗，而黄宾虹本质上是一恂恂老儒，异代知音。

八大山人的菊花，不是一瓣一瓣按照假想的圆依次画成；正面的菊花，他先画个不对称十字，然后四面添加；侧面的菊花，他先画个小字，然后因势而成。这样的画法花形有松动感，不刻板。笔顺也是笔法中重要的一部分。

八大山人的牡丹花，不全是圆笔，也有方笔，枯湿浓淡，五味杂陈。

马远，一个拒绝笔墨情趣的能人；一个人，寄情山水，却不放浪形骸。

山水的构图，地比天难，要诀是留有余地。

任仁发的马，像一位爱尔兰人的脸，我这感觉真实又突兀。

陈子庄的勾圈皴，在梅清的一本山水册页中似曾相识；而梅清又自称"仿黄鹤山樵"。

吴藕汀的出处在赵之谦那里，门槛不高。

居巢的花鸟画画了些前人没画过的、不画的题材，这种好奇心在我看来没有多少价值。

生命呼吸之间；笔墨呼吸之间。

中国画里的细节，如果大多数人都能看到，那么它就不是细节，琐事杂碎而已。中国画里的细节——你画的时候要有这个意识，同时只想让几个人看到，看不到也没关系。

陈老莲的画，真是笔性丰富，章法奇特。但巧了一点，伤元气。

李迪《雪树寒禽图》中树枝上的、竹叶上的积雪，用白粉画出，别有一种华丽。李思训有张《京畿瑞雪图》，也是这画法，虽说靠不住，但点苔——墨点上再点白点，也是奇迹。

细看韩滉《五牛图》，忽然大笑，大概与吴道子画人物的线条相差不远。

元代绘画里虚灵的观念，尤其是虚灵的用笔，到了明朝像是失传。文徵明《玉兰图卷》（手卷，纸本，27.9cm×133cm，美国大都会艺术博物馆），几乎笔笔坐实，他跃过元代，接过两宋院体画的传统——这其实是错觉。两宋院体画，尤其北宋之作，笔墨形意，皆似实还虚。

虚灵在用笔，也在形。孙龙的形有虚灵处，外轮廓线宁断，宁破碎，不要硬连，不要光滑。

另外，形的虚灵，在于对形有想象力；两宋院体画的形——在细节方面就更多地来自画家的想象。

文同的墨竹还是太像竹子一点。

陈白阳的笔墨是为形服务的；徐青藤的形是为笔墨服务的。这是"青藤白阳"的根本区别。

董其昌画得再好，与元人相比，也还是枯的。实生枯，虚生腴。

倪云林三度用笔：角度，速度，力度。而董其昌只有速度与力度，少了一度。

董其昌的行书，恽寿平的没骨花，在我看来，其中总有一种精神相仿佛，说是"秀润"吧，"秀润"两字又不能道尽。

恽寿平的没骨花写生，是行书，不是楷书。他一笔带过枝枝节节——省略了不少笔画。

恽寿平的没骨花写生，还是写意，后学者不从"写意"着眼，砚田耕穿，终究领略不到南田妙处。

林良的画与恽寿平的没骨花相比，就像卖肉的与卖兰花的坐在一起。林良功在大写意花鸟画的早期建设上，品格不高。也许我太过了，总说林良画面恶劣。

恽寿平曰："神明既尽，古趣亦忘。"言下之意莫非"只要神明在，古趣自不忘"？

恽寿平笔下有"笔思"，董其昌的行书也有"笔思"，"笔思"

两字，莫失莫忘。

"笔思"——用笔狂肆笔无思，用笔甜熟笔亦无思。"笔思"在狂肆甜熟之外。

恽寿平之后，花鸟画越画越纵横了，或者越画越拘泥了，习气弥漫。

用笔法与笔法是两回事。近人启功知用笔法而不知笔法；恽寿平知用笔法亦知笔法，却不知结体。傅山曰"一字有一字的天"，这是结体之法。

"笔思"，得笔思者得水墨。

孵茶馆

　　绿茶以新为好，茶馆以老为妙，十余年前，我坐在花山脚下的老茶馆里喝茶，八仙桌东倒西歪，白瓷茶壶被风尘与茶渍熏陶得像一把紫砂壶，壶盖独缺一角，热气大摇大摆泼面而来，是"泼"，不是"扑"，而壶嘴上的茶渍更是树荫蔽天。苏州上了年纪的农民有早晨聚在一起喝茶聊天的习惯，俗称"孵茶馆"，他们脚边放着农具，有人还把锄头搁上桌子，我看到那把锄头柄上写着三个字"徐土根"，用毛笔写的，比启功先生秀气。这是他的手迹？我没有问，因为自有一份天机不可泄漏。我看看他，他望也不望我，自顾自把茶壶里的茶水倒入茶盅。碰巧的话，我能看到不远处田埂上走着一个披挂蓑衣的当地人，细雨蒙蒙，水稻已有公鸡尾巴那么高了。我两次见到披挂蓑衣的当地人，过去这只在水墨画和电影中看过。细雨蒙蒙，八仙桌的四条腿也有点摇绿。

爱生活，爱古人

北新桥附近的紫苑茶馆这几天像在做梦，陶瓶中的清水，檀香腊梅的气息，墙上浓浓淡淡的水墨……这是台湾著名画家于彭先生的春梦，放到了紫苑茶馆里做。他的梦中有庄子的蝴蝶，这当然是少不了且翅膀翩翩的，而梦中更有我们看花的人、看陶的人、看画的人……我这个展览参观下来，觉得自己也像在梦游了，依稀抓住几枝文字的野花闲草，就是"爱生活，爱古人"。

展出的是于彭先生的水墨画、他自己做的陶器，还有他心情灿烂地在陶器里的插花，还有他在台湾造的园子的照片，还有——于彭先生本人。我觉得这个展览中最动人的部分，就是他自己了，他把自己展览了出来，也把整个茶馆做了进去，这里面有种动感，仿佛在与生活恋爱，也仿佛在与古人恋爱。

在茶馆里看这样的展览，没有负担，想观看就观看，想闲坐就闲坐，想喝茶就喝茶，只是一不留神，观看的，闲坐的，喝茶的，都成了这个展览的一部分。

于彭先生1955年生于台北士林外双溪，看他的样子，像是双鱼座。他在1981年以前，是很西化的，主要画一些水彩、素描。1981年是他的转折，这一年，他去了希腊雅典的"蓝灯画廊"搞展览，这个画廊大名鼎鼎，代理达利之类的现代主义画家的作品。在雅典，于彭先生突然感到了东西方的非花非雾，文化上的差异使他痛苦。一个偶然的机会，他认识了中国驻希腊领事馆的领事，领事请于彭先生看有关黄山的纪录片、吃凤尾鱼罐头，于彭先生在饱了眼福又饱口福之后，在雅典待不住了（只住了二十来天），决定去中国大陆看看，他到中国大陆旅行了一百二十多天，游山玩水，寻师访友，考察了民间的木刻年画和地方戏（于彭先生还是台湾的皮影戏专家，自己做，自己演，手下还统领着几个皮影戏剧团）。在敦煌，他差一点冻死。在北京，他吃了两只烤鸭。在苏州，他坐在太湖石下晒太阳。直到把钱花完了，他才回台湾。这次的大陆之行，用于彭先生的话讲，就是他像一块海绵掉到水里，浑身上下饱饱的，是大冒险，也是大收获，他的中国概念由此形成。

回到台湾后，他开始一门心思地画水墨画、写书法了。他在中国传统文化的道路上一意孤行。但他又是拒绝师承的。他喜欢宋画，却并不临摹；他喜欢怀素，也只是读帖而已。我在某些方面也是这个主张，比如怀素，怀素就是临摹不得的，不临摹怀素你或许就是怀素，一临摹怀素，你只能成为摸黑——好端端地把怀抱中的一方素净全给摸黑了。他学习传统，但走的却不是传统的学习方式，他有更大的抱负——他要从日常生活中、从更宽泛的文化背景中找到传统。有时候也就是发明，他像要把传统重新发明一次似的。我觉得于彭先生的好玩，也就好玩在这里。我突然觉得我不好玩了，一口一个于彭先生于彭先生的，行文从这里开始，我就叫他于彭。

于彭的水墨画，笔墨敏感，里面有种气，让我觉得很舒服。谢赫在《古画品录》中有"桂枝一芳，足征本性"云云，我抄了来放在这里，因为于彭在台湾的园子名"桂荫庐"。在我看来，于彭就是一块桂皮，他的近作也是桂皮一块——性情芬芳，出手却老辣。

先写这些。

于是我们就在一起喝茶

这世界上有两样好物事，无处不可，一个是雪，一个是茶。无处不可看雪，无处不可喝茶。雪即使下在猪圈里也是好看的，如果碰巧还是群黑猪，黑猪白雪，那简直就是一帧水墨。茶也是如此，即使坐在抽水马桶上喝茶，人见了也只觉得风雅。如果你坐在抽水马桶上吃鱼翅煲，非认为蓝墨水地址写错不可。

尽管无处不可喝茶，但我们在抽水马桶上喝茶的机会还是少，跑去茶馆喝茶的时候还是多，这是茶的世故。茶既有它的私密性，像是夜晚内衣，也有或者说更有它的公共性，苏东坡早就说过，"世故不可无茶"，这世故就是茶的公共性。

"世故不可无茶"，是一句好话，这话说得一脸的正大庄严。我们的公共性就是在公共场所说话不论达官贵人还是平民百姓都是一脸的正大庄严，这也是世故，却是无茶的结果，也是无趣的结果。结果无茶就是少风趣的。世故遇到了酒，哪怕半推半就，往往会宽衣解带，所谓酒后吐真言；世故遇到了茶，往往是越喝越世故，这一份世故也不是假话，这一份世故却是人情，毫不庭院深深。"世故不可无茶"，也就是说人情不可无茶。人情不可无茶，情人可以无茶，因为情人不可无钱。但我也常常看到情人在茶馆里喝茶。说到情人，我想去茶馆喝茶，就像是找情人，想入非非，非非想入。自个儿在家里喝茶，有坐井观天男耕女织之乐；在茶馆里喝茶，这喝的茶顿有艳遇之感。

所以在北京的时候，我会去紫苑茶馆艳遇：枯坐那里，一言不发，如老僧入定。老僧入定了艳遇，这更厉害。在家里喝茶，除了有坐井观天男耕女织之乐外，还如吃饭，在茶馆里喝茶如饮酒，文饭诗酒，奥妙就在这里。

紫苑茶馆的"紫苑"两字极好，"紫"的字形如"柴"，和"苑"合在一起，紫苑茶馆就有柴门气，淡淡乎柴门之气，荡荡乎隐士之风。茶是隐士，酒是战士，饭是有关人士或者无党派人士。谁都要吃饭，当然无党派。

"紫"这个字又是极高贵的。能穿紫衣的女士历来很少。在南京的时候，一女士和我在校园的草坪上晒太阳，见到她的师姐穿了一件紫风衣走过，她就笑，她说只有高贵的人才能穿紫衣。过了几天，她穿了紫旗袍来看我，我为了显得有教养，就努力不笑，因为她看上去像个气泡。既然是个气泡，我就不敢吹，吹破了怎么办？

在紫苑茶馆我还没看到过气泡，四处悠悠飘逸的全是紫旗袍，女人啊，为什么你们能如此高贵？她们说全是喝茶闹的。

我每次去紫苑茶馆，总有些惊奇，惊奇于它门口每每有水痕。在北京的风沙之中，能看见水痕，就像在暗夜看见梨花和如今的秦淮河边看见旧时的寇白门。我奇怪这些水痕是从哪里来的，因为门内的大陶缸并不漏，再说漏也不会漏得如此江山如此图画。我怀疑是紫苑茶馆的老板趁着人不注意而偷偷画的。我进茶馆之前，先会把这水痕细细看看，觉得这水痕常常比中国美术馆展出的作品好看：有一次我看出了长江万里图，往来皆是米家船；有一次我看见几个美女在樱桃树上嬉戏，她们是风的孩子，乳头的玫瑰。还有一次我在紫苑茶馆门口的水痕里看到了一出老戏：李生风流倜傥，久慕诗仙李白在石亭山留下的墨宝，就去那里游览。李白的墨宝没看到，却见石亭旁一株千年杪椤树，李生顿觉倦意，靠着杪椤树睡着了，睡梦中来个白头翁，说他就是这棵千年杪椤树，由于根部被鼠精做了窝，求救于李生。李生一口答应，差不多有李玉祥的爽气，他遍访高人，找到了高人张洪三，张洪三真高，一丈二尺，头都快伸出水痕，跑到紫苑茶馆二楼，张洪三收伏鼠精，杪椤树就将女儿幽兰许配给李生，这个戏很复杂，我还没看出个头绪，就被李玉祥叫走，他说朋友们都到了，等着我喝茶。

于是我们就在一起喝茶。

紫苑茶馆有很多特色，门口的水痕是它的一大特色。进得门来，一边是张仃先生的篆字，一边是余秋雨的行书。张仃先生的篆字越来越饱满，有老树新花的意象。余秋雨的行书也不赖，在我看来，比他散文写得好。他的散文写熟了。而凡艺术还是要带几分生，仿佛新娘子下厨，糖罐盐钵酱油瓶，拿起来还不那么顺手，在一顿挫之间，风情万种。上得堂去或者跑入雅室，放眼四望，壁上是冷冰川的版画，尽管是黑的，但黑得好色。我在冷冰川的版画上，看到许多颜色。黑得有许多的好颜色，差不多也是老僧入定了艳遇。所以我能和冷冰川做朋友。

　　于是我们就在一起喝茶。

　　紫苑茶馆还有饭吃，是菜蒸米饭，诸如腊鱼腊肉海鲜河鲜之类，菜蒸米饭的不同品种的芳名，是用毛笔写在一把纸宫扇上的，墨迹淡淡，我以为是谢无量写的，开着腊梅的香气。紫苑茶馆在腊梅花开的时候，楼上楼下全插着腊梅，范成大在他《梅谱》中说蜡梅本非梅类，以其与梅同时，香又相近，色酷似蜜脾，故名蜡梅。蜡梅因在腊月开放，也就讹为腊梅了。就像我刚听到紫苑茶馆的时候，竟然讹为子怨茶馆，内心里大有"洞庭波兮木叶下"的况味，《离骚》的况味。但茶是能离骚的（离骚在这里作为戏说，即"离开牢骚"），古人用《汉书》下酒，我辈拿《离骚》佐茶，我在紫苑茶馆越喝越平和，如此平和，如此灿烂，喝茶能喝得如此平和兼如此灿烂，天底下有几个？所以我就不能老喝茶，否则太自负，我就点了个腊鱼蒸米饭，我开始吃饭。于是我们就在一起吃饭。吃完了饭再喝茶。

于是我们就在一起喝茶（可惜紫苑茶馆已经倒闭多年了。2006年 11 月 6 日附记)。

碧螺春片段

之一

不料，看到积雪之中的碧螺春茶园。

二月十八日上午九点半钟，我们去西山看梅花。天上下着雪，山上积着雪——车过木渎，我见到积雪的灵岩山，怎不心旷神怡！心旷神怡的感觉如此陌生，好像几年没有了。我前年写《游园日记》，常在园林闲坐，赏心悦目是有的，心旷神怡没有。这或许就是园林与大自然的区别。

只有江南的山，初春就绿，其实它一直绿着。春雪积在山上，像在绿丝绒中洒了银屑银粉，贵气里带着怠慢。

灵岩山塔如一根苦瓜似的，味道挑选口感。众口皆甜的西瓜没人说苦，众口皆苦的苦瓜偏偏有人说甜，天才的读者天才的舌头。

雪在路上积不起，路边的树上也没有雪。

雪下成雨，赝品终究赝品，山上露出马脚。飞檐亮闪闪的马蹄铁，呼嘭哐叮哐啷，车就到山后。山后植被不及门面，褐色的山石言词确凿：雪就是雨，后山湿漉漉。

一心告诉我，前面就是渔洋山。渔洋山，语言上？渔洋山中董其昌坟很有名气，曾被人盗过，坟中飞出一罐浓墨，泼得盗墓者一脸黑，到死都没洗白。以致民间打趣，对黑脸的会说："刚挖坟墩头转来？"渔洋山中明代有董坟，二十一世纪是一家享誉苏州的草鸡场。苏州人没沾董其昌多少光，草鸡倒得他不少灵气，拉鸡屎的时候还能悬针垂露。

渐行渐融，说的是我们沿着山路而行，春雪山上融。山的颜色多了。

车到太湖大桥，朝对岸望去，山脚（也就是岛脚）下屋顶全白。一白遮百丑，原来红红绿绿的琉璃瓦，"难看得要死"。

湖水淡蓝一片，去西山，以往渡船需几小时，可以打几圈牌；坐在车上我一支烟没抽完，就在村子里了。西山是个岛，岛上温度低，我挽高衣袖，用皮肤测试一下，认为比城里要低三度。山上有积雪，草木之中也有积雪。积雪更厚更白，不是银屑银粉，是薄荷糖甜津津的凉气。

这个村子在缥缈峰下（说是这么说，其实与缥缈峰还隔一个山头）。有人筑路。据说当初要把路筑上缥缈峰，被有识之士阻拦了，相互妥协的结果是路筑到缥缈峰下。我觉得还是过分。我宁愿此生不到缥缈峰，也不愿汽车直达那里。

进村后没有了，在村口，刚才还看到一些梅树，尚未著花，看着梅树上的积雪和梅树下的积雪，我觉得梅花是一边在开一边在落，开得也多，落得也多。我把积雪之桃树也看作梅花——酒店风高，禅林花满，我把农舍看作酒店，人家看作禅林。

西山看梅花，不料看到积雪之中的碧螺春茶园，这是我第一次看到。

之二

积雪的碧螺春茶园，感觉大好，我找不到词来形容。茶园外面的枇杷树，也积了雪。因为枇杷树叶子过大，积雪就有点像残羹剩饭，酒足饭饱的人们做梦去了；茶园里面有十几棵巨大的杨梅树，叶子小，心眼细，雪积得就多，仿佛蚕花娘娘顶着一头茧丝，倩笑盈盈要从庙堂出来。碧螺春特有的花果香，据说与茶树果树混种有关（这种外行的看法我很喜欢，非说是洞庭山群体小叶种的品种香，作此解人也无关系）。茶树果树的根在地下纠缠一起，大河涨水小河满。此刻我听到杨梅树的香气冲过杨梅树树根的堤坝淹没碧螺春茶树树根又顺着碧螺春茶树树根往上暴涨酒色粉红。酒色粉红，我想起我青年时期在太湖边喝杨梅酒的光景：意气用事，喝完一瓶，醉了两天，头疼难忍。幸好此刻还是积雪的碧螺春茶园和杨梅树上的雪。

酒色粉红，杨梅酒的酒色就是粉红的，勾魂勾这里。

之三

走进合作社厂房，虽然有其他器具，我先看到的，或者说我最为好奇的是灶头。

十八只灶头，灶头上十八只大铁锅。有的大铁锅里滴入石灰水，说明这灶头刚砌出不久。我嗅了嗅，石灰水味道与窗外远山紫气惊红骇绿在一人高的地方。我注意到灶头上烟囱高低不同。六根烟囱一字排开，像托住天花板，而另外十二根烟囱分成两排，背靠背似的，却只是短短一截。村长告诉我，六只锅烧柴，所以烟囱要通出去；另外十二只锅烧煤气，烟囱就不用那么高了。或许他见我有些疑意，他说村民经过多年摸索，已经掌握煤气温度，茶炒出来的结果与烧柴是一样的。汤总说，烧煤气环保。以前我几次在山路上见到背柴人；现在村民们大都用上煤气，扛着煤气罐走来走去。

俗话"二月二龙抬头",丙戌龙抬头这一天,是公元二〇〇六年三月一日,吃过早饭,我随汤总和孙厂长去西山,他们在那里搞个合作社试点,茶厂作为法人代表。据孙厂长介绍,西山茶树都分到农民手里,茶厂则把农民组织起来,技术上给他们指导,经济上给他们帮助,而茶厂负责打品牌和营销。今天汤总就是来给茶农上课,讲农残(农药残留)问题。

　　这个合作社在东村,加入合作社有两百来户农民。这里的农民极其勤劳,我很难确认他们的身份,他们的身份随着季节和爱好变化,一会儿是茶农,一会儿是果农,一会儿是养蜂人、渔民和蜜饯制作者。

　　由于汤总讲的问题很专业,要上午下午讲两课,我听不懂,就把孙厂长拉走,让他陪我玩。我和孙厂长是初中时的同班同学,还是同桌,有一次自修课上他问我怎样才能写好作文,我说要吃墨水,他果真吃下一瓶墨水,满嘴纯蓝(我记得他当时喝的是纯蓝墨水),我则被班主任痛斥一顿,并交了张检查。

　　我们先去禹王庙,说确切点,是先去禹王庙那个方向。禹王庙我以前去过,觉得一览无余。跑到禹王庙附近山路上,俯瞰它的背影。好像不是背影,是侧影。如抹如点的禹王庙楚楚动人,而远山一层一层叠在一起,透明得像是用丙烯颜料画出。

　　缥缈峰淡墨般的。一心说(孙厂长大名一心),大概是缥缈峰。

正因为它缥缈，大概就更好。今天天气介于阴阳之间，也够缥缈的。

继续往上走，我说上面有个公墓。去年我来过，在公墓的一块大石头上睡过觉，并写诗一首。回家查阅文档，诗题《五月，上午，栗子树林》，写作日期二〇〇五年五月二十九日。

这面坡上的杨梅树长势苍翠，我去年竟然在这首诗中一字未提，看来我那时候还不认识杨梅树。尽管我在字面上一直喜欢杨梅树。杨梅树下有片茶树，竟也没有注意到。而茶树我是早认识的。

下山时候，我看到禹王庙堤下一条条波浪，好像可以抓来煮了吃的白鱼。

绕岛一圈。一路上读着农事诗——一位老年农妇拾掇着百脚笼（百脚：蜈蚣；百脚笼：渔具），她在给百脚笼换网，刚换上去的网耀眼得宛如婚纱；一位中年农夫劈着柴，还是有不用煤气的村民，他放下斧头，看我们的吉普过去；一位中年农夫扛出木梯，靠在房上，他爬上屋顶，我估计前几天雨雪，屋漏了。

中午去阿五的洞庭山碧螺春购销点吃饭，阿五是收茶叶的，收来的大部分茶卖给汤总茶厂。他们合作默契，据一心说，阿五知道茶厂的要求，基本不吃退货。所以一心来西山往往找阿五玩，有的供应商常常会吃退货，一心说和他们热络了不好办。一心到西山，吃不完的酒肉饭，像一个古代文人那样处处受到礼遇。

阿五五十岁不到吧，他有个笔名，叫"一文"。他写书法，颜字学得颇有功力。在我的要求下，他拿出他写的几幅行书给我看，我也实话实说，字的结构很好，笔法也不错，就是还不知道墨法。

阿五说："是的，是的，墨分五色。"

我一个人喝着酒，一心滴酒不沾（倒不是因为开车），阿五也滴酒不沾。边吃边聊，阿五拿出他妻子的伯伯所临《唐拓十七帖》，装订成一个小本子，笔墨俱佳，尤其让我感兴趣是老先生的附言——可以说是日记，用蝇头小楷写在纸边：

（一九九七年九月廿九日上午星期一天晴临《十七帖》P. 17）上午上山采药，锄头柄断，即回家。只有采到桔梗二只。

引文标点是我所加。老先生名"罗达梁"，小本子封面上还写有"《唐拓十七帖》""一九九七年九月至十月""时年七十有八岁"等字样。

刚才阿五一边拿出他妻子的伯伯所临《唐拓十七帖》，一边说："我老伯伯写字，还懂中医，家里挂满他自己采来的药。有一次锄头柄断了，他就回家。他全会记下来的。"

我接过手一翻，就翻到了，也是缘分。在"P. 17"前还有一页，也是"九月廿九日"这一天临的，我估计老先生一天会临上几页，结束之际就写点日记。

（一九九七年九月十九日星期五晴天下午临《十七帖》P.1）第一天早晨服用白果调鸡蛋冲服。卖鸡蛋 10 只，计 4 元。

吴方言里买卖不分，很容易引起笔误，不知道是卖给别人十只鸡蛋得四块钱，还是从别人那里买十只鸡蛋付了四块钱，根据上文，似乎应该是从别人那里买十只鸡蛋付了四块钱。

（一九九七年九月廿日星期六下午临《十七帖》P.2）大栗子每斤四元至五元。

（一九九七年九月廿五日星期五上午临《十七帖》P.9）阴有小雨，23—24℃。穿棉毛裤、尼龙衫加绒线衫。秋分后第二天。

（一九九七年九月廿六日星期五上午临《十七帖》P.12）宇红的女儿满月，剃头。

标点真是困难，比如"宇红的女儿满月，剃头"这一句，苏州人有小孩满月剃头的习俗，况且还有讲究——女孩满一个月剃头，男孩要两个月（当然不到一点也行），俗称"双满月"才剃头，这句话指的就是这件事的话，标点个逗号没错。如果指的是两件事呢？宇红的女儿满月和老先生自己剃头，也不是不能这样想。我忽然觉得标点的重要。中国文化是讲究细节的文化，标点在以前却不发达，这倒也有意思。

（一九九七年九月廿八日下午临《十七帖》P. 15 星期日）

上午上山采药，仅采到鸡矢藤三小株。上午勤超到外公家。

阿五见我兴致盎然，又拿出老先生的功课给我看，在老先生七十九岁时的《偷闲杂临自得其乐》（这是老先生的自署）中有一页，纸尾用蓝墨水钢笔写道：

98. 10. 26 日农历 9 月初七割稻

割稻的"稻"字写成左边"禾"右边"又"，这是曾经颁布但随即废除的简体字。它颁布的时候我正读初中，与一心同桌。白驹过隙我如何流连光景？

一心说："饭菜凉哉。"

饭后阿五带我们去野田看梅花。今年天气冷，梅花还没开足。或许还有另外的原因，因为青梅价钱从前几年的每斤三元直落到每斤三角，还没人要。市场决定一切，农民们就不去管理它们了。虽然还有清风明月管梅花，但风雅总是虚的。

碧螺春采摘期一般在每年三月中旬，"江国多寒农事晚"（范成大词句），今年可能要到三月下旬。采摘碧螺春，茶农们根据梅花决定——梅花落，枝头青梅小初结，青黑的一点，茶农们才开始采茶。

我写《碧螺春片段之三》，拉拉杂杂的，没写到多少碧螺春。这正是我的用心。我想（渐渐地）写出碧螺春的生存环境和生长碧螺春的这一块土地上的人间生活。茶是灵物，生存环境不用说了，就是它周围人群的生活和个性，茶也是会吸纳到它的滋味与气息之中。

之四

西山，二〇〇六年三月七日下午两点十分，今春的第一锅碧螺春出炉，在某茶庄的茶叶基地，据说每五百克售价二千六百元。碧螺春讲究采功、炒功和火功，凡是有点名气的茶都讲究采功，陈继儒说"采茶欲精",就是这个道理。中国有六大茶类,由于茶的制作工艺不同,有的茶就没有炒功和火功这一说,比如白茶,它的顺序是鲜叶(也就是摘青)、萎凋(也就是轻发酵)和干燥。而炒功和火功又有不同,同样是绿茶的六安瓜片,在炒青之后还要拉老火,又是它特有的火功了。而碧螺春的炒功和火功是融为一体的,炒功即火功,火功即炒功,都在炒青的那一刻达到高潮。炒这今春第一锅碧螺春的某师傅说,炒制碧螺春,要高温杀青、热揉成形、搓团显毫和文火干燥四个步骤。搓团显毫是碧螺春的特有工艺。名茶每每个性鲜明,这种个性一部分体现在茶树品种的各异上,一部分体现在制作工艺的各异上。他炒了四十分钟。

三月四日,我与郁敏一家、德武和他的女儿去西山,路过阿五家,进门喝了杯茶。问起阿五碧螺春什么时候开采,阿五说早了,碧螺春茶树照这样的天气,看来要到二十号了,早采的是外地茶树种。

有一种名"乌牛早"的茶树种,三年前被茶农引进东、西山,当时为了追求商机抢先上市,现在或许已经发现对未来碧螺春事业大为不妙吧。乌牛早芽叶肥大、淡而无味,不论口感还是外形,都与碧螺春相差巨大:碧螺春是《红楼梦》里的妙玉,乌牛早是《水浒传》中的孙二娘。尽管有关部门明令在东、西山碧螺春原产地严禁种植乌牛早这一类外地茶树种,但还是有人见利忘义。

不是在东、西山种下的茶树就都能做成碧螺春的。正宗、传统的碧螺春茶树属于洞庭群体小叶种。这个洞庭不是湖南洞庭湖那个洞庭，它指的是苏州洞庭东、西山这个洞庭。湖南洞庭湖无疑比苏州洞庭东、西山这个洞庭有名，以此作商标有些尴尬。但用太湖作商标呢，又让人以为是无锡的茶了。虽说苏州占据太湖三分之二水面，洞庭东、西山在太湖，一个是半岛，一个是岛。

之五

灶头画上有藕有鱼，他们在炒碧螺春。

一种名茶形成，首先与茶树种有关，而茶树种又带来特有的制茶工艺。碧螺春外形特征：蜜蜂腿、铜丝条。碧螺春的"螺"，一般说是"卷曲如螺"；而较为别致与贴切的说法，这个"螺"是螺蛳肉，不是螺蛳壳——我觉得更为传神。

阿婆茶

中国也有一个地方，像英国人那样吃下午茶，它就是周庄。

北边平遥，南面周庄，旅游资源开发得滴水不漏，旅游事业也搞得热火朝天。在平遥，从事旅游服务的多为男性；而周庄，却都是一些阿婆忙前忙后：给你讲古的是阿婆，给你摇游船的是阿婆，给你烧万山蹄髈的是阿婆，给你腌咸菜苋的是阿婆，给你编旅游草帽的是阿婆，和你吵架的也是阿婆……周庄像是阿婆天下，周庄男人倒个个游手好闲的样子。

所以也有人说周庄是母系社会，一家之主常常是女的。尤其年龄到了阿婆这个阶段，到了能在下午吃茶，也就有了了不得的权力。

前几年，周庄长官为使自己的政绩看得见摸得着，决定修一条高速公路从周庄镇上穿过，外地的、当地的几位文化人呼吁，说这会毁掉周庄，但毫无用处。不知怎么这事引起阿婆们反对，她们提着铜壶、抱着烧茶炉子、捧着茶杯去找长官吃茶，连吃几个月，长官开始打消修高速公路的念头。这条高速公路当时修了，那么，周庄接下来也就入不了联合国世界文化遗产大名单，也就不能使周庄人民和周庄长官同富。主张修高速公路的长官后来很是感激那些在机关大门口吃茶的阿婆，就决定雇用几十位阿婆作为临时工，分派到周庄各风景点吃茶，以增加和渲染地方文化。一个下午十元，后来工资加到一个下午二十元，来应聘的阿婆还是寥寥无几。因为阿婆早已自谋出路，当导游——讲古的讲古；当船长——摇游船的摇游船；当厨娘——烧万山蹄髈的烧万山蹄髈；当大酱缸——腌咸菜苋的腌咸菜苋；当编结车间主任——编旅游草帽的编旅游草帽；实在无事可做，就与游客吵吵架……以致周庄阿婆差不多已没有时间和工夫在下午吃茶了。

这是甚为可惜的事。

周庄有个风俗，镇上阿婆一到下午，便开始在一起吃茶。吃茶在江南司空见惯，为什么说周庄阿婆吃茶才称"阿婆茶"？它真有许多与众不同的地方，首先是男人不能参加，男人如果参加，在民国大概要以"有碍风化"罪处置。就是女人，没上些岁数，也不能参加，或者说不会去参加，约定俗成，这也就是"阿婆茶"的由来。而"阿婆茶"的组织法，是今天这家，明日那户，挨个做东，不会轮空。没有在同一个阿婆家连续吃上两天的，即使地处偏僻，这地方只有两个阿婆，也要一天一天轮流做东，毫不含糊。阿婆聚在一起吃茶，说长道短，说东道西，口头流传的东西，经过她们复述，就成为地方上的传统，地方上的传统沿革有序，就成为地方个性，于是迥异于苏州另外的水乡小镇，比如会怀旧；会做生意；民间文学发达，阿婆们都会讲上几个段子；女子理财；喜欢招女婿——也就是"倒插门"。

周庄本来没什么人文，有名的只这三个，明朝沈万三和民国叶楚伧，还有一个实质是两个半个——半个陈逸飞（他画"钥匙桥"），半个三毛。三毛到周庄，看见油菜花很感动，周庄人看见三毛看见油菜花很感动，也很感动，就建了座"三毛茶馆"，估计是周庄菜农集资而成，主意说不定就是阿婆出的。尽管周庄比不上苏州常熟、吴江诸地，但它看上去人文氛围哇真的很浓，这都是"阿婆茶"茶炉子熏出的——没有"阿婆茶"的周庄，同时也是没有灵气的周庄——俗气和傻气终究不能可持续发展，但偏偏可持续发展了。

吃茶阿婆是挺讲究的，讲究是灵气的温床。过去阿婆沏茶的水要用活水：河水、天落水——也就是雨水。后来退而求其次，用井水。现在只得用自来水了。把自来水放上一夜，再烧茶吃，这也是讲究。放上一夜的自来水，能跑掉漂白粉味道，一个阿婆说，可以灌到瓶里当矿泉水卖。

"阿婆茶"茶叶一般都用绿茶，绿茶放进铜壶，铜壶架到炉子上去烧。有的铜壶是祖上传下来的，比《沙家浜》里阿庆嫂铜壶还牛×大——阿庆嫂铜壶已"铜壶煮三江"了，而阿婆铜壶大概可以烧干五洋。边吃茶，边烧茶——茶在炉子上白气蒸腾，茶越来越浓、越来越涩，阿婆这才觉得过瘾，周庄阿婆是不怕吃苦的。吃"阿婆茶"时候，佐茶的常常是萝卜干，所以"阿婆茶"又有人叫"萝卜干茶"。你不要小看萝卜干，它其实是一个泛指，包括腌咸菜苋、熏青豆、糖果、瓜子、自制的糕点。考究的阿婆会摆出八只碟子，大家围桌而坐，侃侃而谈，有时候谈得一脸严肃，远远看上去是一群人大代表或政协委员。这个时候，往往是她们决定把女儿嫁出去还是把女婿招回来。周庄阿婆影响到周庄人，认为世界上只有两个地方可以和周庄媲美，外国是美国，中国是上海，除了这两个地方，阿婆一般是不愿把女儿嫁出去的——这也是周庄近来人满为患的一大原因。

烧茶炉子很可以一说，阿婆们把它叫风炉，用稻草澄泥搪成，烧豆萁，烧瓜藤，烧干柴。好像只有搪烧茶炉子，才是周庄男人的日常事务性工作。印地安男人的成年标志是从老鹰身上拔下根鹰毛，周庄男人的成年标志是蹲在地上搪烧茶炉子，仿佛捣糨糊一样。以前，媒婆来说媒，女方会向媒婆打听：

"男小官会搪不会搪烧茶炉子？"

上　茶

做旧的老北京炸酱面馆，瞭高的见有客到，会一声吆喝："小二，上茶!"

朋友来家做客，碰到我父亲兴头之上，他会拿出罐茶叶，说："这可是上茶。"把上等茶叶简约为上茶，颇有古意。

二十年前，我坐在船头，静观杭州西湖里的三潭印月，时值傍晚，茶虽是粗茶，心境却甚好。心境好了，粗茶也是上茶。

上茶是一份心境。

在半园喝茶

我十多年前去过半园，印象颇雅洁。午后约了郁敏、骆军夫妇和德武去那里喝茶，他们各自带上女儿，他们生活中的花。

半园也是匠心之作，现在则茶馆餐厅，乱七八糟。人真不需要有什么传世，无论钱财还是著作。茶客不多，却嘈杂；树木不多，却嘈杂。池边新种的腊梅就是乱种的，实在多事。

我们上楼去，居高眼界清净一些，这当然也是想当然。室内室外一样冷，索性搬桌子搬椅子到廊上喝茶，栏杆间灰尘执意要做晚清灰尘，我们收敛衣袖，避免蹭掉它。

我坐最里面，我喜欢靠墙坐。从我坐的地方，看楼下那棵瓜子黄杨极具姿态，它有奇气，内心里浪迹天涯，于是就长出黄山松的云烟。

一只麻雀在紫藤中晃来晃去。

楼板大响，女儿们一会儿上楼一会儿下楼。

紫藤是五百年物，从桥头雄赳赳气昂昂地跨上屋顶，至今不知道疲倦。

茶极低劣，十元一杯。但再低劣也不是它的错，它本不想成为茶的，是我们把它当茶喝。

郁敏说他前不久买架钢琴，自弹自唱，一唱歌，忧愁悲伤都没有了。

从廊上看桂树，根部反而显眼，青枝绿叶踮着脚。

布谷鸟叫，骆军说：

"布谷鸟的叫声听起来很近，其实搞不清它在哪里。"

根据布谷鸟叫声，分为"两声布谷""四声布谷"。江浙某些地区的养蚕人见到布谷鸟都要驱赶，叫声他们听来："宝宝倒掉。"这不吉利，因为蚕用方言——他们称之为"蚕宝宝"。还有一些地区的人（也在江浙）听布谷鸟叫，会不怀好意地哈哈大笑，他们听到"阿公扒灰啦"。方言决定鸟叫，喜欢听鸟叫学鸟叫的人与鸟是乡亲。

现在这个时候布谷鸟就叫，是不是太早，它去哪里找虫子吃？

德武说：

"这只布谷鸟是搞廉政的，它知道官员中有虫子。"

喷嚏连连，我冻得受不了了，说去吃早晚饭吧。我们就去刚才走错路而看到的饭店。这家饭店我知道，经营苏帮菜，手艺不错，生意不好。能吃到"白什盘"，大部分厨师不知道它是什么了。一些菜需要预定，抄下几款以作备忘：

虾仁饼（35 元）；八宝鸭（48 元）；精镶脆鸡（50 元）；瓜姜里脊丝（28 元）；刺毛鳝筒（80 元）；蜜汁火方（100 元）；炒三虾（58 元）；油爆三白（45 元）。

刺毛鳝筒的"刺"好像写错，应为糁毛鳝筒。我也拿不准，改天请教专家。

灌下半壶烫热的黄酒，大地有点回春。

在虎丘喝茶

午后与小沈去虎丘，进得山门，市声顿远，走了一段上坡路，就到"冷香阁"。

于"冷香阁"，窗外樟树绿荫香浓，在我身旁展一张大屏风，喝一会儿茶，下楼逛逛。

于"剑池"，池中锦鲤织花，约略记得古人笔记曰"剑池金鱼"，这四字组合得平中见奇。

于"五十三参"（也就是五十三级台阶），回望"白莲池"，参欲开不开的白莲花。三百年前，那人摘一枝上船，船娘正在烹调饭菜，恰新月升起。

我对小沈说，古人玩虎丘尤重月夜。小沈给虎丘拍过电视片，他说晚上来虎丘像碰到鬼，灯光一打，水都有毒似的。我的神情有些迟疑，小沈见此，又补充道：

"水碧碧绿，又喧喧红。"

于"千人石","千人石"如倾斜的船身——阴冷了故乡春色，消逝了舞衣歌扇，迷离了凭吊兴亡，去他的，我偏偏不断魂。

于"万家灯火处"，看城中北寺塔，简直就是碰了一鼻子灰的鼻子。

转一圈返回"冷香阁"。"冷香阁"后面，去年十一二月份拆饭店（以前那里有个大煞风景的饭店），不料拆出"石观音殿"遗址（以前虎丘史家都不知道它的确切位置），基础完整，挖掘过程中挖到一只石观音手，半只石香炉。继续喝茶，约的人进来，开始谈公事。而阁下，梅花轻描淡写地开了，相比红梅白梅，绿萼梅其声重厚。

在曲园喝茶

　　曲园没什么好看，这是实话。其实这实话曲园主人俞樾早在《曲园记》里说过："曲园者一曲而已，强被园名，聊以自娱者也。"这个意思在乐知堂上他所撰的楹联里也能见到："且住为佳何必园林穷胜事，集思广益岂惟风月助清谈。"

　　现在的曲园是个大茶馆，这一点我想俞樾未必想到。别说俞樾，就是俞平伯也未必想到。当初如果没有俞平伯集合顾颉刚叶圣陶等人联名上书，曲园很可能就不作保存。苏州私人园林太多，好像养鸡场里的鸡蛋，怎么办？有的园是因园传人，比如拙政园；有的园是因人传园，因人传园把握不大，要碰巧后人也是名人，曲园就是因人传园。我坐在院子里喝茶，听邻桌两个女人说话，她们或许见我风尘仆仆，以为是外地人，也就不忌讳。"我发觉你的领子一直会往外面翻。""我也不晓得。""我结婚时就穿你这样子的羊毛衫，现在还勒嗨（'勒嗨'是'在'的意思）。""去年买了几件，有件白的，一汰就缩，送人了。""我给他打电话，他说在上海。""他的故事不要编得太好啊。"我把椅子换了个角度，看到墙角堆放的竹筐、三夹板、红漆浴盆、破凳子、铁铲。"当初房租一千四都不敢租，现在两千四都租不到。""本钱越来越大了。""生意难做啊。""就格尚（'格尚'是'这样'的意思）混混吧。"大前年的秋天我在院子里看到紫薇开花，"紫薇花照紫薇郎"，总觉得紫薇花开在曲园的院子里，有种身份上的诗意。今年只有紫薇树影照在粉墙上，紫薇树据说已经枯死，树影蓑衣，使粉墙呈现出灰的色调。粉墙上有一扇还没油漆一新的老窗，这才让我又想起这是俞樾的曲园。忽然，廊上爆起一个女人的声音："你们没地方吃茶啦，到这里吃茶，车子都不能停。"一个穿黑白条纹羊毛衫染金发的女人朝院子深处的三个男人走去。三个男人在太湖石旁牡丹花下喝茶。太湖石不是好太湖石，牡丹不是好牡丹，但太湖石和牡丹团在一起，又有风、阳光、阴影，就好了。我像猫睁不开眼，明朝诗人谢榛有"猫蹲花砌午"的句子，我昏昏欲睡。这是我回苏州近一个月以来晒到的最好阳光。现在已经很少有外地人来曲园了，即使是文化人岁数不到七老八十的也不会来。

而三四十年代，来苏州的外地人不去曲园看看，好像心里就会觉得过意不去。周作人和苏青完全是两回事，他们尽管行色匆匆，周作人只停留两天，苏青四天，但有一天她喝醉了酒，却都去过曲园。

周作人在《苏州的回忆》中写道：

第二天往马医科巷，据说这地名本来是蚂蚁窠巷，后来转讹，并不真是有个马医牛医住在那里，去拜访俞曲园先生的春在堂。南方式的厅堂结构原与北方不同，我在曲园前面的堂屋里徘徊良久之后，再往南去看俞先生著书的两间小屋，那时所见这些过廊，侧门，天井种种，都恍惚是曾经见过似的，又流连了一会儿。我对同行的友人说，平伯有这样好的老屋在此，何必留滞北方，我回去应当劝他南归才对。

在《苏州的回忆》中，周作人多次写到郭梦鸥先生。我少年时期，向晚年的郭梦鸥先生学习古文，那是书籍匮乏的年代，他每教我一篇，就用毛笔抄在毛边纸上，让我带回家背诵。郭先生的后院种满花朵，我和师姐在花荫下听他闲聊，有一次下雨了，浑然不觉。

而苏青的《苏游日记》，给我另外感受：

曲园故址是从裁缝店里进去的，里面都是蛛网尘迹，不堪入目。春在堂中凄凉万状，所谓曲园也者，还不及我的乡下家中后庭耳，此屋现由洪钧侄媳住着，堂中有一架旧钢琴，据说是赛金花弹过，真是人亡物在了。

苏青《苏游日记》写于二十世纪四十年代，这一架旧钢琴现今还在，只是解说牌上说钢琴原先在悬桥巷洪宅，是一九四九年后移来的。其中又有一段什么曲折，我就不知道了。那架钢琴还弹得响。

"曲水亭""回峰阁"，曲园一点也不曲，颇似俞樾文风。俞樾不是文章家，曲园也很难说它是个园林。廊上高悬的电灯泡摇晃，这赤裸裸的不加修饰的电灯泡，倒是少见哉。

在网师园喝茶

　　朋友约喝茶，一群人在"露华馆"内。"露华馆"后面的院子开着紫红芍药，我从没去过那里，凡事要有余地；隔一堵墙，就是"潭西渔隐"——苏州园林中气息最为宁静之处。天气沉沉，园林中有了暧昧色调，一种高级灰。喝完茶，他们先走，我就转转，攀上"云冈"，觉得好处不在曲折而是高低（宛如沧浪亭"步碕"游廊）——堆掇这座黄石假山是观景需要。磴道不曲折，但高高低低，使视线波动，园景也随之错落；否则"看松读画轩""竹外一枝轩"与"射鸭廊"一带就太平整。在"濯缨水阁"北望，那里就太平整；在"小山丛桂轩"东面北望，那里也是如此。于是黄石假山既是对水面的破——以高破低，也是对建筑物的破——以仄破平。它与拙政园"远香堂"前黄石假山的不同之处是同为障景，"远香堂"前的黄石假山是障外，"云冈"是障内。以假山作为障景可以分成两类，外障景和内障景。内障景的处理既是障，又是

133

借，更是生——生景。当然障景借景也就是为了生景。园林的众妙之门是"生"，游客在其中也是"生"，生情——触景生情。反过来又是你有多深的情，园林就有多美的景。

我下到驳岸，"看松读画轩"西面的石桥如果能低调一点，才好。站在"引静桥"西望，才觉得"月到风来亭"里那面镜子的微妙。角度太重要了，没有角度，也会不见园林。前天看到一位欧洲姑娘在"引静桥"上留影，她掰开大腿躺倒桥面，并把一条腿跷上桥栏。从"射鸭廊"的"半亭"拐入"撷秀楼"，厅堂之暗让我以为中国古代女子的不快乐。在古代，丫头和妓女倒是快乐的，而良家妇女很难快乐，尤其小姐。这当然是我读书看戏得来的印象，当不得真。

园林与住宅是偏正关系，园林是偏；住宅是正。而厅堂却如此之暗。

在五峰园喝茶

上午有雨，极想去五峰园喝茶，结果还是午饭后出门。与其说五峰园是个园林，不如说五峰园是个庭院式的茶馆更好，卖茶所在"五峰山房"，这是五峰园主体建筑，"五峰山房"在五峰园园北，北面还有"柱石舫"。

所谓五峰，就是五块太湖石，在园南。

五块太湖石的北面有一小池，小池一横眼波凝神于五峰和"五峰山房"之间。五峰西有"柳毅亭"，就是柳毅传书的柳毅，传说他的墓在亭子这个位置。西面还有一条曲廊。

目前五峰园就这些东西。

园门开在西面，进去后我就在"五峰山房"喝茶。茶只有一种价钱，每杯三元。除了我，还有两桌茶客，一对（看来是在苏州打工的）外地中年男女和四个（看来是退休干部的）打牌者。茶室共有九张桌子，我挑了张靠近五峰山房门口的桌子，一边喝茶一边看五块太湖石。

这五块太湖石都有名字，大抵在象形这个范围。

牌桌上传来这么一段话，说去乡下亲戚家玩，如果夫妻同宿一个房间，就要给房主写张借房契约，临走时放下一块钱，否则房主要触霉头。这个风俗城里没有了。以前苏州人也忌讳外来男女在自己家里同住。

五块太湖石在假山顶上高低前后排列，应该说是经过考虑的，但太湖石与太湖石之间组成的空间却乏味，我就一块一块单看，单看又觉得纤弱，想起计成说法"厅山"：

> 人皆厅前掇山，环堵中耸起高高三峰排列于前，殊为可笑。加之以亭及登，一无可望，置之何益？更亦可笑。

他有所指。如果这保留还是明朝嘉靖年间始建此园时的遗意，那么倒成标本。五峰山房前摆放两棵苏铁也不好，我总认为苏州园林里不宜摆放苏铁，苏铁只能摆放人民公园。继续喝茶。透过窗玻璃，往西望去，"柱石舫"外的春树一碧如洗，不经意作了清嘉小品。"柱石舫"是旱舫。有关舫，陈从周先生解释：

> 园林中之仿舟建筑，较确切似应如下称之，临水者名旱

舫，不临水者称船厅，筑水中者呼石舫。

　　那么，"柱石舫"就是船厅。打牌者为一张牌争吵起来，声音越来越大，我出"五峰山房"，小池中有步石，水面小不宜架桥，就置步石，这也是套路。从"柳毅亭"看这两块步石，它较好地控制住水面，使小池似乎大有源头的样子。站在小池边，觉得这步石不仅仅作用于水，还暗暗沟通五峰和"五峰山房"的关系。步石一定要贴于水面，或许枯水缘故，这两块步石高高在上，也就大大逊色。五块太湖石近观胜过远望，远望望的是态，近观观的是肉，或曰石肤。在峰下朝东北方向望，能望见北寺塔，我对它有好的回忆。"五峰山房"后面邻居家两三棵粗俗的泡桐，正是花开时节，衬着"五峰山房"严谨的屋顶，难得繁华而又淡雅。

　　天一直阴阴，近黄昏忽然升了太阳，园影纵横，峰石皆白。而东家一棵银杏像是野火烧痕之青。

在耦园喝茶

因为是与两位朋友约好在那里喝茶，所以只在耦园匆匆转了一圈，就上"双照楼"。茶室在"双照楼"上。印象略记如下：大门是竹篾的，这很少见，手摸上面，舒服之极。竹篾的园门既醒目又不夸张，仿佛个性强烈的人还有安详的内心。耦园的结构像个"小"字，住宅部分居中，东花园与西花园仿佛竖钩边的左右两点。园林中的住宅都是差不多的，它有一定的营造法式。而花园大有变化，因为要因借体宜（计成语：园林巧于"因""借"，精在"体""宜"。"因"者随基势高下而互相借资，"借"者虽园别内外而得景无拘，如此才巧而得体，精而合宜）。"山水间"：耦园第一佳丽，穿戴华丽，举止大方，口吐莲花，她往那里一站，即使垃圾箱也成风景。耦园少一些其他建筑都可以，如果没有"山水间"，就等于没有耦园。隔着"山水间"朝北看，不是看画，直如身在画中。从"山水间"望出去，那座石桥尽管大手大脚，也觉得细气。

对"山水间"的整体感觉是通透。不料她越通透，东花园的其他部分就越闭塞，就像她太美了，把人羞杀，也终被妒杀。所以"山水间"给我的最后感觉红颜薄命。而"吾爱亭"：我不知道要爱什么？但窗框设计极有匠心，硬是把外面实实足足的风景裁成一长方块一长方块的，也就生出些空灵。比如韩愈的文章也太实实足足，给它多分分段落，或许也会松动。网师园是以虚见实，耦园是以实证虚。看了"山水间"和"吾爱亭"，我想到这一点，不知道是不是如此。"望月亭"：我抬抬头，这里能看到什么月亮！朋友说是看水月的。亭前果然一汪池水。我忽然觉得我的思维还是惯常，说到望月，马上抬头，而想不到望月也是能够低头的。我对这位朋友佩服了，沉静的人才配看水中的月亮。"还砚斋"：过去的园主沈秉成书房，他的祖父有一块砚台，后来不知道怎么丢了，后来又不知道怎么被沈秉成得到，所以名"还砚"。现在又不知道怎么丢了，但既然名"还砚"，那就"还砚"。这真有点像园林历史，建毁毁建，毁建建毁。"城曲草堂"：好像有些破败，但破败得缺乏诗意，大概是周围卖旅游小商品柜台拥挤的缘故。园林中应该禁止买卖，再这样发展，退思园与耦园都会像周庄——现在的周庄好像是一个占地面积巨大的小商品市场。"藤花舫"：外面的一株紫藤看上去年幼，却已学会搔首弄姿。紫藤的盘绕扭曲以古为上，如果盘绕扭曲得不古，就怪。古怪古怪，如果不能古，怪就怪得蹊跷。"织帘老屋"：

"织帘老屋"里挂着一幅《织帘图》，画得还算可以，但在织帘老屋里挂《织帘图》，明白是让人明白，余味却没有余味，苏州园林里的书画陈列常常有"看图说话"般的幼稚，或许服务对象已经不同的缘故吧。我想沈秉成是决不会在织帘老屋里挂《织帘图》，就像在自家卫生间决不会写上"小便请走上一步"的字样。耦园里的房子真多，慢慢我觉出它的好处，或者说它与其他园林不同之处，就是耦园因为房子多的缘故。这里有种要过世俗生活的热情——世俗生活通常总是在房子里进行的，由此也看出沈秉成严永华夫妇的恩爱。所以喝茶说到底是世俗生活，而非神仙日子，神仙餐风饮露，喝什么鸟茶！

在拙政园喝茶

出狮子林，在苏州民俗博物馆里的饭店吃完午饭，下雨了，就叫辆三轮车去拙政园。到拙政园，雨又停了。我在"花篮厅"喝茶，厅内忽明忽暗，雷声隐隐。"花篮厅"里有评弹表演，有人点唱《茉莉花》，她就唱《茉莉花》。天暗下，"花篮厅"里好像都有云影晃动，风吹，叶飞，松烟缭绕。有人点唱《蝶恋花》，又有人点唱《庵堂认母》。琵琶上洒出清点子，雨也开始沸腾。雨又停。天色大亮，鸟叫：粉墙绿树，新鲜得宛如刚刚来到这里。我想园林是童年和老年的地方，我还没把这个意思想清楚，又有人点唱《杜十娘》。

又有一阵雨要下。天色转暗，比刚才更暗，简直是黑，灯尽管还是刚才的灯，却比刚才看上去要亮。但灯越亮越是黄昏。忽然下起冰雹——有人喊"下冰雹了"，我忙朝窗外看，"花篮厅"外铺地上白球蹦跳，我又走到外面去看，快乐得好像在做梦。

锦带花开烂漫，喝了近三个小时的茶，四点半钟光景，才起身去园子里走走。"玲珑馆"枇杷初黄，站在"远香堂"隔着逶迤云墙，看枇杷初黄，像在楼上看小巷里的路灯。雨时下时停，游客忽聚忽散，我独坐"荷风四面亭"，真正感到拙政园的美——也就是苏州古典园林的美，以致难以言传。幸亏这种美不是经常感到，不然的话我就一个字也写不出了，怎么卖文为生！

在沧浪亭喝茶

沧浪亭茶室在"藕花水榭",我今年来沧浪亭多回,喝茶却是第一次。坐在"藕花水榭",窗明几净,朝北看,可园粉墙粉刷一新,没了红尘,味道变得寡淡。河这边的梧桐、香樟,河那边的石栏杆,相互应付,还不失画意。挺直身子往外望,能望见河水。河水流得不急不慢,马缨花从容向前。"藕花水榭"院子里养着缸莲,莲叶如笠如伞。苏州园林里荷花种得不少,因为莲叶有降温作用,能使池塘不至于微生物过分活跃而污染。喝茶无事,我就有闲观察一棵罗汉松。罗汉松是认真的。

河上的风比院子里的风要大,天更阴沉,也就好看。绿,黑,白,灰,内容多了。

喝足茶,去转转。不知道紧挨"藕花水榭"的"锄月轩",竟然也是茶室,这里环境更好,窗开得低,风光流动。"锄月轩"临河处有棵大朴树,映绿芸娘脸。但这棵朴树虽然大,也只不过两百年，没机会映绿芸娘脸。树木男女要会面也不容易。"锄月轩"院子里栀子花开，花瓣如此白浓，香如妖魅。抬眼东望，黑鸟以绿树为背景的飞翔，我能够心领神会。葫芦形状的门，叶子形状的门，门里是芭蕉，是天竺，沧浪亭园林小品做得不错，因为它边边角角比较多，也就提供了做园林小品的篇幅。西面游廊上的漏窗，夕晖其中明灭：嫩嫩红色，这般柔软，可以把夕晖卷起来。可以把夕晖卷起来打包走。"清香馆"北面的院子，是我喜欢的地方，每次来总会坐坐，看是看不到什么东西的，这个院子就是气息好，超过拙政园"听雨轩"和"海棠春坞"。气息为上，气息好了，甚至连细节都可以忽略不计。园林的微妙就在这里，讲究细节，更讲究气息。这气息说起来有点玄，但不玄就不是园林——起码在苏州如此。夕阳在树梢间一丸珠红，树荫明绿欲燃。出"折桂廊"，在"步碕"前面，尤其觉得那棵树的好处，它的枝叶挡住天空，逼得你只能往池塘里看。五点多钟出沧浪亭，有朋友约我怡园吃饭。

回忆怡园与沧浪亭

　　我读中学时候，休息天，会去怡园与沧浪亭。怡园与沧浪亭都在人民路上，离我住处比较近。我住在这两个园林之间。那时候门票至多一毛钱。在怡园与沧浪亭里，会大半天遇不到一个人。要遇到的话，又常常两个。两个人躲在假山洞里谈恋爱。怡园的假山洞里有张石桌，像只小床，春夏季节，就有人躺在上面。一个女人躺在上面，一条腿跷起，裙摆落到肚皮上，一个男人坐在石桌边的石凳上，抽烟。那时候的社会舆论，把在外头谈恋爱的女人叫野鸡，男人叫阿飞，大是深恶痛绝。那时候的人谈恋爱，只能在房子里谈，在爸爸妈妈爷爷奶奶哥哥姐姐弟弟妹妹的眼皮底下谈。姐姐的对象来了（那时候没谈恋爱这一说，称之为轧朋友或搞对象），两个人跑到厨房里去轧朋友搞对象，妈妈在客厅做针线，隔几分钟就让妹妹去厨房转一下，看看情况。

　　"他们在做什么？""说话。"

"他们又在做什么？""那个人在给姐姐挠痒。""姐姐哪里痒？"
"姐姐说胸口痒。"

妈妈扔下针线，亲自下厨。

怡园的假山洞里有股尿骚气，我难得钻进去玩。我常常在太湖石搭出的桥上爬过来爬过去——怡园的池塘上，有一座太湖石桥，奇怪嶙峋，在苏州其他园林里见不到，很受少年青睐。

坐在太湖石桥中央，看池塘里蓝裤子白衬衫影子，我觉得五四青年也就是这么一回事。于是顿时感到院墙外面的风雨，于是顿时感到国家命运的不济，于是顿时感到青春岁月的压抑，于是顿时就想出去闹革命，到安源到延安或者到井冈山。出去不了的话，就在家里和丫头谈恋爱。那时候我还没看过巴金的小说《家》（至今我也没看过），等看到根据《家》改编的电影后，我才认为一个青年闹革命是要本钱的，生在有权有势有田产有表姐的家庭，你去闹，才真革命，或许还不血腥。

有一年，我在怡园的小竹林里写生，出门时候，看门人不放我走，说我把墨水洒在竹竿上，属于乱涂乱写行为，罚款五毛。

有一年，有位业余时间喜欢刻砚的职业画家，在怡园茶室边吃茶边刻砚，他刻的是仿石笋砚。怡园石笋很多，多且美，他被怡园的工作人员发现，说他偷石笋，一把抢夺过去，画家也不恼，还很高兴。后来他对我说："证明我刻得像。"

从怡园到沧浪亭，步行的话，半个多小时。怡园看雪挺好，沧浪亭是听雨。

我读中学时候，刚开始去沧浪亭吃茶，茶室工作人员还不卖给我，问是你吃还是大人吃？我说我吃。那位女工作人员说，茶是苦的，你吃了就不能退。他们不知道我已经有七八年的吃茶史了。这也怪不得他们，因为我长得小样。奥斯卡就这样骗了他家保姆。

我直到工作之后才发育，我的少年也够长的，所以我不稀罕。

在叶圣陶故居喝茶

前几天，被人带着，去访绣娘。

这位绣娘声名显赫，幸好不在。

站在绣娘宣传画似的绣品前，我想起沈寿，尽管其针法简单，但她确确实实是把刺绣这工艺上升到艺术。

这是题外话。也不题外。叶圣陶故居原先有任先生给叶圣陶绣的一幅肖像，高悬粉壁。我觉得任先生比沈寿又棋高一着。

无论怎么干，首先要高级。

任先生名字中有一字电脑打不出，影响传播。

等我觉得她的好，想去请教，她过世了。

坐在叶圣陶故居的长廊里，喝茶，抹越南风油精，等朋友接我去旺山竹林。据说苏州现存两片野生竹林，另一处在穹窿山。穹窿山上有座水库，我游过泳，水寒拆骨，去了热毒来寒毒，炎凉四起，流毒一片。

叶圣陶文章中规中矩，却还有意趣，大不容易。

一九四九年以来，中国文章大家只有一个——晚年的孙犁。汪曾祺就差这么一点，就这么一点点。木心也是如此。

中国文章。不是中国的文章。你懂的。

在紫金庵喝茶

碧螺春，产在苏州，苏州话读来柔波荡漾。这是很例外的。苏州话局促，说来会像羊肠小道渐行渐狭，支离破碎，不成片段。苏州话的美妙之处或许就在不成片段。

"适合搞阴谋的方言，秋雨绵绵，能把刀子藏进鱼肚。"

二三十年前流行过一句书面语，刚才泡碧螺春，茶汤扬起一层白雾，我忽然想起"东方露出鱼肚白"，并立马融入东山紫金庵的寂静之中。

阴差阳错，"东方露出鱼肚白"时候，我已在紫金庵门口。紫金庵早不见和尚（太湖边的庵堂，常住和尚，尼姑几乎绝迹，因为昔日太湖强盗极为猖狂，尼姑无奈之下弃庵而走，于是和尚就住进去了。这是野史，不要相信），那几年我去庵里玩，大概由生产队托管——苏州最有生意头脑的人，改革开放以来大都产自湖边，也就是乡下，然后往城里扩散。苏州话原先分为两大类：城里话和乡下话。但近年说城里话，要话中有话，即若有若无地带些乡下口音，像前几年普通话要若有若无地带些广东口音。财富决定一切，但财富也累人，起码在苏州如此，苏州文化财富太多，以至成为地方政府的包袱，拓宽干将路，一路小桥流水名人故居，留谁去谁颇有争议，决策者只得眼睛一闭，拿支毛笔，饱蘸浓墨，规划图上画条黑杠，凡被画上的，统统拆掉，算它倒霉，不必多说——还是说说那几年我去庵里玩，生产队在罗汉眼皮底下开家茶馆，每年碧螺春上市，生意尤其兴隆。那时经济还正计划，即使手头有钱，市面上也很难买到碧螺春，于是好这一口鲜者，都来这里喝新茶（它是碧螺春传统产地之一）。

许多年后，紫金庵茶馆的泡茶方式，意外地留在很多人的记忆里：

"紫金庵茶馆，用饭碗泡茶。"

我交了钱，茶馆负责人递给我一小纸包碧螺春，好心地朝我喊道，怕我听不见："自己拿只饭碗头过去！"饭碗在苏州话里叫"饭碗头"。饭碗一摞，摞在柜台上，听到他这么一喊，一摞饭碗也嗡嗡作响，岂止嗡嗡作响，一摞饭碗在柜台上吧嗒吧嗒跳着。我先把这一摞饭碗按紧了，然后拿起一只，它还在我手指间吴牛喘月，绕梁三日。

这样大的饭碗，看得出东山人饭量之大；这样大的饭碗，其他地方的人称之为菜碗。饭碗是白粗瓷的，嗯，挺干净。碧螺春嫩，而饭碗碗口大，散热就快，容易守住它的滋味姿色。凡事能往好处想，也是修养，但凡事皆有利弊，碗口大散热快，同时散香也快，喝茶是香味兼修。有关紫金庵茶馆泡茶用饭碗，在我看来，其中有不客气的美感，我尽管与他们素不认识，但在两壁罗汉的似曾相识中，也就对东山大有熟不拘礼的心思，这在其他地方喝碧螺春或者在自己家里喝碧螺春，是都没有这种感受的。一个人独坐方桌，手捧饭碗，桌上还有一只竹壳热水瓶，竹壳热水瓶平添都是村里人的秘密的喜悦。至于紫金庵茶馆用饭碗泡茶，近来我才知道实在是不得已之举。

那时候农村还没有包产到户，生产队穷得很，队长决定以集体名义开办茶馆，富村富民，村里流动资金只有七八元钱。他们带了七八元钱去苏州，跑了十几家商店——货比货，看谁便宜，终于大浪淘沙，淘到处理货，一元零六分的竹壳热水瓶，他们买了四只，花去四元两毛四分钱。玻璃杯不便宜，瓷盖杯更贵，会计灵机一动，说我们在家喝水，不都用饭碗喝的么！买四十只饭碗转去开茶馆，城里人来一吃，觉得有特色。真被会计说中了，他做梦也不会想到他们当初因为没钱买不起玻璃杯和瓷盖杯，用饭碗将就，竟然在后来引发泡碧螺春到底是用饭碗来泡还是用茶杯来泡的争论，以至分出两大流派——"饭碗派"和"茶杯派"，而"茶杯派"里又分出"玻璃杯派"和"瓷盖杯派"这两个支派，近来又有"茶壶派"，三足鼎立，追鱼太湖——太湖里没鹿，只有鱼或者螃蟹，所以逐鹿的事只能继续让给中原。

根据传生回忆，他当时年轻力壮又心细，队长和会计让他随队出访苏州，帮忙提东西。他说，饭碗也被我们找到最最便宜的，两分五厘，你想想，一只饭碗头三分钱都不到，这么大（传生用手比画一下，宛如往水池里丢下一块石头），到哪里买，嗨，我们买到了。

现在紫金庵已经被文物部门接管，紫金庵茶馆也早不用饭碗泡碧螺春了。他们属于"瓷盖杯派"这一个支派。不管"饭碗派"也好，"茶杯派"也好，"茶壶派"也好，首先里面泡的应该是碧螺春。

在假山石后边吃茶

俗话说柴米油盐酱醋茶，茶尽管排在最后，但在苏州，却是一件大事，完全可以排在酱醋之前。苏州人吃酱时候少，一般都在夏天。我记得一到夏天，祖母会拿一只海碗，描着金边，碗的四周画着粉彩的缠枝牡丹，去酱油店里买点酱回来，这种酱稀里糊涂闪烁着湿润的红光，叫甜面酱。切些肉丁，切些香干丁，在油锅里炒熟，这是夏天的美食。现在想来，工序约为这样，先把肉丁在油锅里煸熟，加入香干丁，略微翻炒几下后，再把一海碗甜面酱倒进去——炒得沸沸的，在湿润的红光四周冒起白色的小气泡。我那时不爱吃肉，吃到肉就吐掉。我挑香干丁吃。肉丁和香干丁，都切得小拇指指甲般大小，被酱渍透，是很难分辨的。后来长到八九岁，有点经验：炒在甜面酱里的肉丁，它的色泽比香干丁深些，而香干丁的色泽是内敛的，像我们的传统诗歌。香干丁是一首绝句，或者一阕小令。不到夏天，过了夏天，酱都吃得很少。酱在苏州人看来，是消暑末事。末事是句吴方言，就是东西的意思。苏州人也不太吃醋，糟倒吃得很多。我原先以为只有苏州人吃糟，就像山西人爱吃醋一样。想不到鲁菜里也有糟，福建菜里也有糟，还有人说糟用得最好的，是福建厨师。苏州人吃醋，也多在夏天。好像夏天是一个兼容并蓄的季节。好像苏州人吃酱吃醋是一件需要蓄谋已久的事情。在夏天，常吃糖醋黄瓜，或者糖醋黄鱼，或者蘸着醋吃黄泥螺。苏州人吃醋，出不了一个黄字。也该扫扫黄了。醋什么时候吃，与什么末事同吃，都是适宜的。吃得不适宜，大不了一个酸溜溜的家伙！在苏州，只有茶什么时候吃，与什么末事同吃，像醋一样，也都是适宜的。我就见到一个人边吃稀饭边吃茶，他把茶当作下饭的肴菜，不是穷，是仿古——颇有些宋代人气息。一大清早吃茶，在苏州人那里，已成神圣仪式。一个人在家里吃，冬天守着火炉，夏天守着树荫；几个人在外面吃，春天望着鲜花，秋天望着巧云。几个人在外面吃，也可以在巷口，也可以在茶室。20 世纪 60 年代以来，茶馆少见了，只在公园里有，叫茶室。茶馆改名为茶室后，总觉得少点味道，像把潇湘馆改成潇湘室似的，有点局促不安，有点捉襟见肘。在苏州，每个公园里都有一个茶室，有的甚至还多。大众一点的，是大公园、北寺塔里的茶室，大公园茶室兼营早点，一碗爆鳝面味不让朱鸿兴。朱鸿兴是苏州百年老店，按下不表。高档一点的，是拙政园、沧浪亭里的茶室。其实大众一点也罢，高档一点也罢，言说的是周围环境，茶钱以前是一样的，近几年略作调整，开始买卖环境了。2000年夏天，我回苏州，一位朋友约我怡园吃茶，这么好的环境，一杯龙井也只要五块钱。当然这龙井并不正宗，但还是比花茶滋味兮兮长矣。我在北京地坛吃茶，一杯盖碗花茶也要二十五块，还没坐多久，女茶博士们就催下班了。去公园吃茶是苏州便宜，下馆子喝酒是北京便宜。苏州人把吃茶当家常便饭；北京人把喝酒当家常便饭，如果价格偏高，哪能常便呢？我与朋友把两张藤椅从茶室搬出，搬在长廊，面对面坐着，吃茶，此刻正是中午，阳光浇银，怡园里没一个游人，我与他打起赤膊，一声不吭，听水边两三棵柳树上蝉鸣阵阵——像隔壁大姐烧饭烧焦了，用饭勺刮着锅底。怡园的假山石，积重难返，堆叠太多，一直为人诟病。有人觉得怡园有暴发户气，但我却不这么看，我觉得怡园像位博学者。怡园是苏州辛亥革命之前所建的最后一座私人园林，因为它年代在沧浪亭、狮子林、纲师园、留园、拙政园等等之后，造园家就想做个集大成者，这里集来一点，那里集来一点，大成没做到，博学的样子肯定有了，像给老杜"夜雨剪春韭，新炊间黄粱"作笺作注，笺注一大堆，而略过它，就能听到夜雨的响、看到春韭的绿、闻到新炊的香、想到黄粱的空，前梦吃茶，后梦吃酒，梦醒后吃醋。我的这位朋友是位画家，可以说是20世纪70年代以来中国最早从事现代艺术的那一拨，由于地处苏州——受到四面皆山山堵山围的局限，他的名声不大。但我觉得他没有行尸走肉，这么多年来一直画着，画到快下岗。他的妻子已经下岗，他的儿子把米把糖悄悄藏起，说以后怎么办呢？那天，他没说这些，只说着王羲之、米芾，像说着家务事。在他身后，假山石体上皴出的阳光，使怡园成为一个白热化园林。

怡园的假山石在夏天中午白得密不通风，这是我以后想到的。

真是美妙

去年年底，今年年初，江南时雪，三三两两，友人相聚，望着窗外白茫茫一片，喝茶闲话，难得尘世庄严。

一杯茶喝出庄严，此时此地，不是水与酒所能替代，更别说鸡汤了。

大雪飞扬，红泥炉子，铁壶，橄榄炭，一杯茶喝出庄严，直喝到雪在暮色之中恍如银河，在回忆里这个感觉真是美妙。

真是美妙。

2018/8/19，傍晚，坛斋

第 二 辑

俨然坐下

苏东坡《一夜帖》，其中写道，"一夜寻黄居寀龙不获"，他寻黄居寀画的龙寻了一夜。此龙已经失传，黄居寀画的山鸡，现藏台北故宫。我参观时候，没见到，只见到二玄社复制品。黄居寀是黄筌的第三子，所谓"黄家富贵，徐熙野逸"，说的是题材，黄筌多画禁宫异卉珍禽，徐熙多写江湖汀花水鸟。说的也是画风。从我见到的黄筌的写生珍禽和徐熙的落墨雪竹，觉得黄家富而贵，富中有股贵气，毕竟是贵；徐熙野而逸，野里有个逸气，毕竟是逸。不像某时代画坛，不是大腹便便，便是面目狰狞；贵也不见，逸也不见。呜呼，当然也不需要什么呜呼和呜呼什么。

对了，那是山鸡吗？我不认识。记得有只大鸟站立水边，流水杂草，双钩的竹子或者芦苇。朱砂的爪子。对了，现在哪里能寻到这么好的朱砂？

据说黄筌是跟孙位学画龙的，据说黄居寀能传其家学，龙的传人啊。"一夜寻黄居寀龙不获",苏东坡是个从从容容的人,心无芥蒂的人,即使关在牢里,也能呼呼大睡。但这一夜,他遍寻黄龙图而不获,翻箱倒柜,会不会生闷气呢?会不会挠头皮呢?会不会把家里人喊起责问呢?会不会打翻酱油瓶呢?会不会颤颤悠悠爬到桌子上打量橱顶,或者钻进床底像一只蟋蟀?宋朝有酱油吗?不知道。想象宋朝的酱油——北宋时候的酱油是黄杏的颜色,南宋时候的酱油是青梅的颜色,凭什么啊?不知道。反正想象苏东坡也会急,我就高兴——好个苏东坡,你也有猴急的时刻啊!"一夜寻黄居寀龙不获",寻了一夜,难道还能说他不急吗?但他的急,还是不会往心里去,也不是从心里来的。至多急急四肢,翻箱倒柜,爬桌子,钻床底,顺带打扫打扫卫生。大概他满面尘土地从床底出来,一手提着前几日没找到的芒鞋,一手抓着朝云忘记的绣鞋,仿佛捡了个大便宜,哈哈一笑,"方悟半月前是曹光州借去摹榻",这时天也亮了,就写了这《一夜帖》给陈季常。一封信。一张便条。陈季常是个怕老婆的人,喜欢昆曲的都知道。男人的素质越高,就越怕老婆。怕老婆基本上是有文化的表现,当然也不排除附庸风雅。

苏东坡的书法,我不从书法的角度看,以为更好。他的书法,当然,《寒食诗帖》有些另外,一般而言,都像与人聊天,一边聊天一边喝点茶嗑点瓜子什么的,聊到出神处,忽然站起,猛觉得站起太突兀，又俨然坐下。他书法里的视线——用笔和结体，常常是平视的视线，所以我觉得亲切。不像米芾，米芾是"宋四家"里技术最好的一个，但他书法里的视线，在我看来是俯视，呀，也太自以为是了。我看多了米芾的字，会觉得他要和我吵架。吵架也是很好的，但能聊天更好。苏东坡是中国最会聊天的人，而现在的文人只会讲课不会聊天，终究不幸。

城南唱和

"城南"两字，真好。字与字的搭配，也是山山水水，一言难尽。有的是字形和谐，有的是字音协调。文章的高下，这是之一。我以前说过，看杜甫的诗，一定要看繁体字本，而李白的诗歌，似乎用简体字排版更好。看"城南""城东""城西""城北"的字形吧，都搭配和谐——也巧了，"东""南""西""北"这几个字，字形都是对称的，看来问题是在音上。说"城东"，这"东"音太响，含它不住，像敲着一面鼓；说"城西"，这"西"音太压抑，仿佛蒙在鼓里；说"城北"，"北"音急促，鼓被打破。就是"城南"好，这两个字念出，有花开缓缓的慵懒和从容。慵懒多一点。慵懒是美学上极高的品位——王羲之《兰亭序》里有种慵懒，慵懒是高贵的，慵懒也是寂寞的。慵懒到荒凉，一览众山小。"城南"两字真好，我烧晚饭时，正随手翻着杨维桢《城南唱和诗卷》，他的这幅书法写得屑粒簌啰，好像米粒在沸水之中滚动，"雪

164

粒速落"，好像城南下雪，夜归人深一脚浅一脚地回家。

杨维桢《城南唱和诗卷》，比他《晚节堂诗》摇曳，也比他的代表作《真镜庵募缘疏卷》敏感。也许还是我喜欢"城南"的缘故吧。乱世间，有几个朋友唱和，又于城南，不幸中之大幸耳。乱世间的友谊是极其珍贵的，况且"以文会友"。天意人事乖张多违，也只有依持文心情味了。杨维桢《城南唱和诗卷》，在我以前的记忆里，一个字一个字写得像竹节霜根。不，竹节兰根，镀银的竹节，抹粉的兰根。

元朝的书法，以琴作比，"吴声"与"蜀声"也。赵孟𫖯鲜于枢就是"吴声"，绵延徐逝；杨维桢张雨不妨认他们作"蜀声"，激浪奔雷。元初书风的平湖淌到元末，成为急流。但元朝作为一个朝代，的确短暂，所以也或许平湖与急流是共存的，只是黄牛角水牛角而已。骑在青牛背上出关的书家一个也没有。赵孟𫖯鲜于枢千里迢迢风尘仆仆但没有出关，杨维桢张雨不记得关在哪里——他们在城南的后花园与道观里耍呢，耍都来不及呢。我见过杨维桢的一段文字，是写给张雨的，现在想来，大概有这么两句，"几年未见张公子，桃花观里唤真真"，到底是"桃花观"还是"桃花庵"，想不起来了，好像没有道观或庵堂以"桃花"为名的，还是"桃花春里唤真真"？下个"春"字，奇崛稍些。

可能杨维桢的铁笛吹得最好，柳枝竹枝，桃花杏花，不在柳边在桃边，他吹着铁笛，声遏行云，一腔的愁怨谁人见？喝酒！他的诗不怎么样，元朝的江南，几乎没好诗人——元朝的中国也没好诗人——一个即使有天赋如杨维桢的翩翩云鹤，一直生活在鸡群鸡窝，鹤脖子和鹤膝也会变短。我猜想杨维桢是铁笛第一，因为铁笛我没听见，所以第一，书法第二，诗文第三。赵孟頫的书法我知道也好，但就是兴趣不大，我直接看王羲之就是了。杨维桢的书法，虽然不能说前无古人，而新意常有。他比他的本家杨凝式更野——杨凝式是鳜鱼时节潇洒的斜风细雨，杨维桢是青蛙乱蹦的雷阵雨。但"城南唱和"，这个场景真好。乱世间的愁怨，让后人不容易看出，也真好。文章的高下，全在其中。

《册页晚》之《文房晚》

印象里，明朝文人屠赤水著有一书，书名我刚才想了想——记不清了，《文房雅玩》还是《文房雅编》？或许根本不是这样的书名。

书中说到的雅物，似乎消失泰半。或者正变成俗物。俗物在每个时代都是朝气蓬勃的，雅物往往缠绵病榻，冷月无声，有色。

中国的毛笔自从被发明后，变数不大，不像西方人鹅毛笔铅笔钢笔圆珠笔变来变去，一切为了实用；中国人笔锋不变——基本没什么变化，实用方面并不多加考虑，而笔杆上倒花样百出争奇斗艳。从这里，我觉得中国人一下就得到天道，然后在日常生活里变着法儿地欣赏——欣赏光景，欣赏朝代，欣赏自己的心思。欣赏的东西很多的。

这欣赏也就是流连吧。

流连光景。流连朝代——我不以为中国有那么多忠臣，比如改朝换代，投水的投水，绝食的绝食。说是忠君，不如说是对朝代的流连——因为流连的正是他的日常生活，他是为他所欣赏的日常生活的终结而同归于尽的。

话说秋一与张泰忠近来沉湎文房雅物的创作，署名"太一"，合作得很好。张泰忠能传达出秋一的笔意，秋一变本加厉，金石气更见饱满。文房这几年也是热门，只是像他们这样跳出匠气的，话头一转，相见恨晚。

《册页晚》之《噬肤灭鼻晚》

一觉醒来，看看手机上的时间，凌晨三点。天没有亮，周遭黑暗，从哪里能挤出一丝白！我生活于其中的现世，愤世嫉俗是流行的，而文艺毕竟还算安慰吧，幻象也能够摩呀擦的，弄出些包浆。

闲适多可贵，安慰之安慰。夜里吃萝卜，早晨吃老姜。上次我回苏州，一门心思画老姜。有一次，我画了三块姜，题上《姜山美人》，我真从这三块姜上看出比活先跳的乳房，没有看出如此多娇的江山。夏回见了，大概春心萌动，也来画老姜了。果然出手不凡，像块汉砖。当然，上品的才像汉砖，不成功的是板砖。秋一也画，一画就是印度警察，白布包头，站在太阳底下。谁说太阳底下没有新鲜事？老姜能被我们画成美人、汉砖和印度警察，就是与这著名的山东土特产不同。新鲜首先要不同，能不同恰恰来自闲适——别想着要著名，但偏偏是土特产。我这句话转了几个弯，因为周遭黑暗挤不出一丝白，于是我也不想把话说白。

曲一说，老画上的霉斑不去掉也很好的。这句话差不多是世说新语。我想老画上的霉斑也就是闲适，但首先要找到老画。老画越来越少了，老话不少，只是懒得说。我想起一句，屯已赫然，再说。

所以和曲一吃饭，是不匆忙的。那天我们从一个小饭店回何园，夏回说今天的菜不错，我画了块猪头肉。这个小饭店的猪头肉我说苏州第二。夏回画了块焖肉，秋一画了块肋条。我准备题词，想起一句老话，"噬肤灭鼻"，觉得好笑。

《易经》里有"噬肤灭鼻"这句爻辞，我的翻译是"吃着的那块肥肉正好碰到鼻子"，不需问卦，这情景是好的。或者是能够让我觉得好笑的。我们总有一天会用我们的鼻子画画，只画被我们嗅到的气息。但这四个字，那天我没有题到画上，我的字写不好，空在那里，等海华来题吧。海华不题，王绪斌题。

《册页晚》之《郁郁乎文哉晚》

绍兴徐生翁名满天下，吾乡宋季丁知道的人不多。苏州人呢？书法推崇费新我，绘画推崇张辛稼。一只塘鹅，一捆庄稼。子曰：自从出了范成大，吴门热爱农家乐。乡风雅！

徐生翁的书法，不敢妄议。一个艺术家能走到这地步，其中的甘苦也只有自己知道。我不知为何我会把宋季丁和徐生翁放在一起看。我是看过的。我看作品，有点偏爱，偏爱于才情足的。人的才情就是自然，说得不留白一些，人的才情就是自然中的力，能不能说是自然力呢？或者能不能说自然力也就是才情呢？山要往高处雄起，这雄起就是山的才情；水要往低处雌伏，这雌伏就是水的才情。

宋季丁的才情就是比徐生翁足，没办法。

祝嘉与黄宾虹有相似之处。一个把绘画当学问做，一个把写字当作学问。套用黄宾虹的"学人之画"，祝嘉是"学人之书"吧。

我是很坚定地偏爱于黄宾虹的，如果与齐白石放在一起看。但对祝嘉，因为所见到的作品较少，也就懵懂。郁郁乎文哉，我只得都平丈我了。

前几天遇到郁岚，我说你也来主持一次《册页晚》吧，说说你的先生宋季丁，也说说你的先生祝嘉，当然，我更愿意你的作品也拿出来。郁岚说："不晓得阿来赛啊，我试试看。再请宋采参加，他是宋季丁先生的儿子。"这句话我笔录下来，不觉得怎样，当时听着，大为感动。这肯定是语气语调的结果。郁岚的书法，就像她说的苏州话，语气语调，有种大家闺秀的典雅。苏州话是可分出男式苏州话与女式苏州话的，现在的女式苏州话小家碧玉了一些，偶尔还有泼妇的样子。当然还是好的。比男式苏州话好，男式苏州话全本墨涂涂——市井气与江湖气交相辉映，书卷气全面消失。

把酒看花想诸弟

听呼呼大风，手抛瑟瑟闲书，想起两个人。一个是贵州人，一个是南京人。他们都是一九四九年以前的艺术家。贵州人叫姚华，南京人称卢前。这两人我并不熟悉，卢前的评传我还读过，但早已忘得精光。冷僻得很，但偏偏想起他们——是枯坐在冷屋中的缘故吧。也不全是。

"把酒看花想诸弟"，这是刚才从闲书中读到的。韦应物的句子。这一首诗过去读过，但不知怎么了，今日读来——读到这一句时，心怦地一动，觉得在"把""看""想"之际，悠悠世事，滚滚红尘，不露声色地过去了。声色本不露，但是有时故意卖个破绽给你。就像全诗，全诗如下：

雨中禁火空斋冷，江上流莺独坐听。把酒看花想诸弟，杜陵寒食草青青。

这一首诗名《寒食寄诸弟》，除了"把酒看花想诸弟"这声色不露的一句外，其余都卖了个破绽。破绽与不露像是韦应物与诸弟的关系。这只是比喻，真较真起来，也就困难了。推开来想：我想起的这两个人——姚华与卢前——我与他们到底谁是不露谁是破绽呢？

我也就先寻他们的破绽。姚华曾改译过泰戈尔的《飞鸟集》，我读过几首，兴趣不大。只是文人的一时雅兴而已。他的著述一册也没读过。去年在书店见过他一册画史辑录之类的著作，因独此一本，封面脱落，中间一部分受潮而粘连一气，我也就没买。很遗憾。又将是一个新世纪，姚华的著作恐怕再版的机会绝少了。半新不旧，令人束手无策。他的画我倒见过两幅，都是印刷品。徐志摩对他的画评价极高，徐志摩是有激情的。最近见到的这一幅《仿唐砖供养人图》，精妙透顶，非画家者流所能为之。这就是姚华卖的破绽——破绽有时候就是关子———一花一世界。一花即是一世界的破绽。在破绽其中，声色方不露。卢前只一张照片给我留下印象，临风逸神，有六朝人物气。一个人并不需要在身后留下太多的东西，在不露声色外，卖个破绽就可以了。

只是卖个破绽比不露声色更难。

主客与捧剑仆

唐朝的张为撰有《诗人主客图》一卷，所谓主者，白居易、孟云卿、李益、鲍溶、孟郊和武元衡是也。所谓客者，分上入室、入室、升堂和及门，如在"广大教化主"白居易名下，上入室的是杨乘，入室的是张祐、羊士谔和元稹，升堂的是卢仝、顾况和沈亚之，及门有十人，不一一抄录了。

现在看来，有些奇怪，而细想起来，竟然很有意思。如果我们对现代文学史稍有了解，也会知道，二十世纪三四十年代的中国文坛，也有像孟云卿鲍溶之流，显赫一时，现在却过眼烟云了。我认为张为所撰的《诗人主客图》一卷，记录了唐朝诗界当初的情况，也就是说是当初评论者与读者的一些和一般看法，从而使我有了身在唐朝的恍惚，摇动起来，头都晕了。这是读其他诗话所没有的感觉。

起床后无事，今年不想多写命题作文，只要写出一些能对付日常开销，就歇着。歇着看楼下的树，两幢大厦间的蓝天，煮赤豆粥，把鸡蛋炒得金黄，或者翻翻闲杂图书。今天看到了"捧剑仆"三字，觉得大好。以前也看到，没觉得有什么好。

"捧剑仆，咸阳郭氏之仆也"，这样的介绍，等于没介绍，就像介绍"老车，中国人也"一样。所以我把"捧剑仆"只看成三个字，反而大有意味。尤其在主在客之外，还站着个仆，仆当然站着的时候多，还捧剑，不是大有意味吗？

捧剑仆流传下三首诗，这一首连题目也没有：

　　青鸟衔葡萄，飞上金井栏。美人恐惊去，不敢卷帘看。

这一首诗中的"青鸟"，多好，试想换成黄鸟、白鸟或者红鸟，都不好了。

这一首诗中的"美人"，也好，试想换成主人、客人、男人、女人或者孩子，都不好了。换成仆人，也不好。

中国古典诗歌中的"美人"，不一定是女性，更多的时候是男性，更多的时候无所谓性别，没有性别。但这一首诗中的"美人"，一定是女性，非女性不可，性别在这里如此一目了然，了不起。

十步之内，必有芳草，因为十步之外，就不一定有芳草了。所以捧剑仆流传下的另外两首诗，不见得好。不要因为"捧剑仆"这三个字好，我非得要说他另外两首诗也好。

在"捧剑仆"这三个字内，我无事生非，也是无事生非，所以人一定要他忙着，不能无事，要经常开会，听报告，受教育，诸如此类，我在"捧剑仆"这三个字内，看到了唐朝另一位身世也是飘忽的诗人刘叉。一个是剑，一个是叉，半斤八两。

刘叉，元和时人。少任侠，因酒杀人，亡命，会赦出，更折节读书，能为歌诗。闻韩愈接天下士，步归之，作《冰柱》《雪车》二诗。后以争语不能下宾客，因持愈金数斤去，曰："此谀墓中人得耳，不若与刘君为寿。"遂行，归齐鲁，不知所终。

虽然不是"老车，中国人也"了，但我还是觉得不脱"捧剑仆"这三个字。

> 日出扶桑一丈高，人间万事细如毛。野夫怒见不平处，磨损胸中万古刀。

> 一条古时水，向我手心流。临行泻赠君，勿薄细碎仇。

> 碣石何青青，挽我双眼睛。爱尔多古峭，不到人间行。

《偶书》《姚秀才爱予小剑因赠》《爱碣山石》，刘叉的这三首诗脱口而出。把诗写得像是脱口而出，并不难；难的是脱口而出后觉得不能收回，斩钉截铁，视死如归。

刘叉《作诗》曰："作诗无知音，作不如不作。""作不如不作"意思很好，但作不一定就是有知音，不作也不一定就是无知音。叉这时候比不上剑了，"青鸟衔葡萄，飞上金井栏"，青鸟管什么知音不知音，衔葡萄飞上金井栏就是。

读词随记

欧阳修的《生查子》

去年元夜时，花市灯如昼，月上柳梢头，人约黄昏后。

今年元夜时，月与灯依旧，不见去年人，泪满春衫袖。

这首词一说是住宿证——我连打朱淑真，竟然打出"住宿证"，难道宋朝就需要这个东西？看来也是一种传统。我现在北漂，需要住宿证，并不需要朱淑真。这首词一说是朱淑真所作。但不管是欧阳修还是朱淑真所作，这首词套用周密的选词集名，是《绝妙好词》。既然是绝妙好词，作者也就无所谓。遇到烂作品，我们才会大惊小怪，直至弄个水落石出。有一次我回家，看到家门口倚了捧玫瑰，我就管它是谁的，先插入花瓶再说。如果是一堆垃圾，我肯定破口大骂："他妈的，谁倒在这里，有种的出来露个脸。"

绝句律诗的讲究起承转合，词不讲究。词一讲究起承转合，就如诗，一如诗，就不好看且显得做作。陆游的词就有这毛病。词讲究的是顿挫。词的顿挫一般在下片（片也可叫阕），比较突出的例子是苏东坡《贺新郎·乳燕飞华屋》，下片多咏石榴，这让中国的一些古人看不懂。其实这很简单，就是大顿挫——被夸张了的顿挫。这是极端手法，不能多用，多用了就贱，艺术家本来就很贱了，艺术家是不同时代里相同的贱民，而极端手法常常雪上加霜。所以最妙的顿挫既不在上片也不在下片，在上片下片之间，也就是说在字没有印到处。

"去年元夜时"一词的顿挫，顿挫在上片，但位置极其靠前，就在"去年"这两个字上。这也是极端手法。这两个字人不知鬼不觉的一个顿挫，下面七句仿佛马不停蹄地叫床。

俞平伯《唐宋词选释》人民文学出版社 2005 年 8 月第 2 版把"花市灯如昼"印成"花市灯如画"，这也是一种传统，甚至没有走样——《论语》就有"宰予昼寝"与"宰予画寝"两个版本。而传统是不能随便学习的，"花市灯如画"这里的"画"，肯定是学错了。这个错出在繁体字与简体字的转化上。"昼"的繁体字是"晝"，"晝"如"画"的繁体字"畫"，这么地一"畫"，明明漆黑一团的世界也能江山如"畫"了。中国文人往往有睁大眼睛说瞎话的勇气与胆略。

多么危险又多么美丽。"月上柳梢头"的"头",繁体字是"頭",一不小心转化为"豆",也是美的:"月上柳梢豆",既可以猜测成月上柳梢如豆（这个豆看作盛肉的器皿更好),也可以猜测成柳梢得春气之先,冒出嫩芽充绿豆,不美吗?伟大的艺术,费劲的猜测。"人约黄昏后"的"后",繁体字是"後",一不小心转化为"俊",也是美的;有大鼓唱道"人约黄昏实在个俊呀,满脸麻子看不清呀"。

陈与义的《临江仙》

忆昔午桥桥上饮,坐中多是豪英。长沟流月去无声。杏花疏影里,吹笛到天明。

二十余年如一梦,此身虽在堪惊。闲登小阁看新晴。古今多少事,渔唱起三更。

在陈与义《临江仙》词牌名下,还有个小序"夜登小阁,忆洛中旧游"。早先的词哪有序?序的出现,我的研究是词趋向案头化的征兆。这个情况很复杂,但我也没想要把它弄清。

午桥是洛阳城南一座桥,洛阳我没有去过。不对,不对,我去过的，我去过龙门石窟两次，白马寺一次，我只是没在牡丹花开的时候去过洛阳。八九百年前，陈与义他们在午桥桥上饮酒，河水流月，去无声，也就是来无声。喝到月亮西沉，他们像随着月亮似的，下了桥，跑进杏花林。杏花开的时候没有叶子，叶子是有的（又不是梅花，梅花开的时候真没有叶子），但是叶子小，也就看上去不像叶子，于是说疏影。疏影一般形容梅花和冬天的树林。也可以形容心境。姜白石词的代表作《疏影》，梅花心境一举两得。"杏花疏影里，吹笛到天明"，俞平伯认为这两句是从唐五代皇甫松《望江南》"桃花柳絮满江城，双髻坐吹笙"里化出的。这很有意思。把"桃花"换了"杏花"，把"吹笙"换了"吹笛"，俞平伯认为"而优美壮美不同"。是对象不同。皇甫松《望江南》写的是情色，陈与义《临江仙》写的是情意，"意"总比"色"要少痕迹。所以"杏花疏影里，吹笛到天明"比"桃花柳絮满江城，双髻坐吹笙"蕴藉，但又放诞。一个是一幅水墨画，一个是一幅重彩。我更喜欢水墨。水墨画的高境界就是蕴藉但又放诞。是有难度的。说得确切点，就是陈与义的"杏花疏影里，吹笛到天明"是把皇甫松的"桃花柳絮满江城，双髻坐吹笙"由重彩改画为水墨，而工笔写意不同。我有个发现，宋朝人喜欢杏花。难怪我平日里会觉得自己大概是个宋朝人，因为我也喜欢杏花。

"二十余年如一梦，此身虽在堪惊"，我是四十余年如一梦，此身虽在，要惊两惊了！

"闲登小阁看新晴"，上片全是他在小阁上的回忆。用"二十余年如一梦，此身虽在堪惊"作了回忆与现实之间的顿挫。我谈宋词，讲顿挫，这是心得。

"古今多少事，渔唱起三更"这两句，胡云翼的注解：古往今来多少大事，也不过让打鱼的人编作歌儿，在三更半夜里唱唱罢了。见胡云翼选注的《唐宋词一百首》。我手边的《唐宋词一百首》是上海古籍出版社1979年4月第2次印刷，印数有70万。而俞平伯《唐宋词选释》2005年8月第1次印刷，印数只有1万本。俞平伯《唐宋词选释》选释并美，更胜一筹，从中也能看出近几年中国的读书消息。不说也罢。还是说说"古今多少事，渔唱起三更"。

胡云翼的注解太笨。我把这两句看作是对王维"君问穷通里，渔歌入浦深"的化解，遗貌传神，大有风度。我在我的新诗里也化解了一些古人之句，不知道有谁看出。

淡红深碧挂长竿

什么地方没有缸？石门的缸让我有印象。以致我觉得石门就是一只缸，石门的丰子恺故居也是一只缸。丰子恺故居这一只缸里，我第一次去，装满黄酒，杯盘草草供笑语，灯火昏昏话平生；第二次去，相隔不到五六年，丰子恺故居这一只缸里，对面青山绿更多，我觉得装满掺水黄酒，味道不对了。尽管我对黄酒兴趣不大，喜欢喝啤酒。

黄昏，我从丰子恺故居出来，黑漆漆的门发出摇橹一般声响，在我身后摇上。码头，石门像码头的话，码头上没几个人，形体黯淡且瘦。抽烟的；咳嗽的；一边抽烟一边咳嗽的；帽子下警觉的神色；老头；老头。我在石门镇上瞎转，走进供销社，瓶子里装着红红绿绿的硬块，我知道这是糖。肥皂。套鞋。柜台里还有连环画，是营业员自己的读物。我看着那个已过中年的男营业员，他见我进门，忙放下连环画，朝着我看。我就买盒火柴。他坐下后我走到农具柜台前望了一阵。

第一次去丰子恺故居，许多房间都没开放。我觉得好，有想象。想象丰子恺在这间房里喝酒，在那间房里读书，或者干一点不可以给我看的事。这多好。后来再去，修葺一新，全都打开了，成为展览馆：到处挂着复制品。有一件有点意思，丰子恺代孙子还是孙女提刀，画一个红小兵听半导体，图画老师上面打分："良。"想象丰子恺的孙子或者孙女回家，缠着爷爷不放，我们让你代笔，结果还是没得到"优"，啪啪啪，揪下丰子恺三根胡须——为什么是三根？他们要去玩三毛流浪记。一个丰子恺，一个画《三毛流浪记》的张乐平，中国这两个艺术家，对孩子是真有体会的。但两个人出发点不同。或者同的，都为吃饭。

丰子恺故居外有一块空地，临河萧散，连野草也懒得从泥地爬出。是一块泥地，颜色较深，一直没干的样子。现在想来它的尺寸大概有我读过的干将小学操场那么大小。在这个操场上，却只有三只缸。一只缸独自站立，在那里练习立正；两只缸套在一起，在那里练习叠罗汉。不知道会不会跑来一个愣头愣脑的体育老师，他刚从师范毕业，浑身干劲，把挂在胸口的哨子猛地一吹，让三只缸排成一队，绕着丰子恺故居连跑六圈。

这三只缸是何用途，我颇费周折。问了几个经过我身边的当地人，他们瞧瞧我，咕哝一句，立定两脚，陪我一起看，有个人还走上前去，敲敲一只缸，转过头来瞧瞧我，再敲敲另一只缸，最后回到我身边，继续陪我看。

其实我在打听这三只缸是何用途的时候，已经认定是染缸。即使是米缸、酒缸、水缸，或者从陕北长途跋涉而来的酸菜缸，我还是认定这三只缸是染缸。问问当地人，无非想听听石门方言，结果他们咕哝一句后，再不说话。

从书本上看到，丰子恺家是开染坊店的。放在民国二三流小说里，他就是一个怀着理想去日本求学的染坊店小开：梳着分头，抹着发油，戴着金丝边眼镜，一身缩水西装，皮鞋却怎么也穿不惯，穿的常常还是黑布鞋。这形象更像郭沫若。但我真想象不出丰子恺当初东渡之际的形象。丰子恺在我想象里，是没有少年，也没有青年的，他从中年开始，渐渐须发皆白。

范成大有句诗"淡红深碧挂长竿"，说的是染布卖布的小贩，用来说染坊店也是传神。用来说丰子恺绘画也是押韵。丰子恺绘画中的色彩极其鲜艳，他在染坊店玩大，淡红深碧，耳濡目染。这么说毫无道理，如果酱油店玩大，就成乌鸦一只？酱油店小开朱屺瞻，画得照样五颜六色。"屺"，古书上指光秃秃的山，朱屺瞻郁郁葱葱活过百年。

夕阳独红，大家普蓝。

怎么又黄啦？防冷涂的蜡。

淡红深碧挂长竿，底下坐着个丰子恺。

三只缸，排成队，石门镇上拼命跑，咕隆咚，掉下水，呼噜呼噜沉没了。

金　鱼

　　东土城路，常有一个卖金鱼的中年男人，歇着一辆板车，车上摆满瓶瓶罐罐，瓶瓶罐罐里睡着金鱼。这些金鱼很少游动，睡着似的，偶尔挪挪尾巴，像我们在床上翻个身继续做梦，但绝没有我们动静大，床板咯吱一响，棕榈飘摇。瓶瓶罐罐里的水不会咯吱一响。有次我听到杯子里的水咯吱一响，杯子破了。这些金鱼的颜色一律鲜红。

　　一只瓶子或者一只罐子卖金鱼的中年男人一般只放两条金鱼。有时候一条金鱼孤独地睡着，很奇怪，瓶子或者罐子只有一条金鱼的时候，这一条金鱼就似睡非睡，或许床太大的缘故，它好奇地从这头睡到那头，又从那头睡回来。金鱼的床是水，瓶子里罐子里的水，我很满意。有时候三条金鱼睡在一只瓶子里——它们睡不着了，桃园桃花未开，三兄弟无缘结义，各自做着买卖，灵云不起。

　　我小时候读《三国演义》，喜欢张飞，讨厌刘备。我还喜欢典韦,他力气大。我觉得吕布是个英雄,貂蝉爱他。佳人爱英雄比爱才子刺激,佳人爱英雄,热血佩剑;佳人爱才子,砚台配墨,才子这一坨墨在那里磨啊磨,越磨越黑。咦,一眨眼,我怎么写到这里了。卖金鱼的中年男人操着河北口音,《三国演义》里河北人不少,卖金鱼的中年男人如果他遇到刘备,说不定就是关羽。关羽是山西人,不卖金鱼,做大买卖,卖煤。关羽脸上大有财运,汉末就有煤矿的话,关羽肯定安心在家做矿主,放债,骑着毛驴上下班。

说到小时候,现在我对金鱼的学问还真没长进,小时候能够辨别诸多品种,现在只认识"水泡"和"珍珠"。这两种金鱼个性突出,认识等于不认识:一种金鱼脑袋扛着两团大眼袋,叫"水泡";一种金鱼浑身上下疙疙瘩瘩,叫"珍珠"。我颇为癞蛤蟆抱不平,癞蛤蟆也是浑身上下疙疙瘩瘩为什么大家讨厌?而浑身上下同样疙疙瘩瘩的"珍珠",大家就喜欢?后来知道世界上理所当然会有西施,也就理所当然会有东施,但癞蛤蟆疙疙瘩瘩却不是学来的。突然又想起一种,约叫"龙肿",额头肿出好大一块,走投无路四处碰壁的纪念,此刻倒接近老寿星年画。

有次,走了好长的路,去一户人家看"蓝麒麟",说是蓝色的金鱼。人家变卦,只给看品种平常的金鱼。我想也没什么稀罕的,无非像剪下一小块蓝天,泡在玻璃缸里。

有过,不想,就没有;想一想,没有也有。我想起叫"墨玉"

的金鱼，通体漆黑，黑得活泼，一点不死板。白瓷大鱼缸清水灌满，只养一条"墨玉"，闲时轻叩缸边，"墨玉"游动起来，王羲之《兰亭》也不过如此。还是没有。

有人，妄想培育透明金鱼，养在水里都看不见。这人是我，十一二岁时候。

前几年看戏，看到很不错的刀马旦，身背粉色，线条收得紧，而火红的鳍与火红的尾巴却放松开来，游刃有余。

猜谜语

　　人在荒芜的日子里，才产生猜谜语的兴趣。我是这样想的，但并没有多少支持。从另一个角度看，谜语是喜庆的形式，这在逢年过节、元宵灯会上都有表现。我读小学的时候，寒假暑假常常到乡下去住，尤其寒假，也是亲戚们农闲，一大早的，他们就坐在客堂里，泡了壶茶，围紧八仙桌闲聊，猜谜语也是闲聊内容。许多谜语毛都脱光了，只要有谁不知道，他们就会让他猜，笑眯眯地讲完谜面后，把谜底紧紧攥在手里，喝一口浓茶，神色之间流露出智力上的无限优越感。于是这个人说一条，那个人说一条，谜语越来越多，八仙桌上长出垂柳。

　　　　孵鸡孵在手里，
　　　　尾巴翘到嘴里。

"猜猜看，猜一样物事。"

那个人搔头挠耳（真是少头脑耳。子路问孔子为何宰予常常搔头挠耳，子曰："少头脑耳!"孔子是个很会玩笑的人），搔头挠耳一阵，还是没有猜出，边上就有人提示：

"你天天要用的。"

"天天要用的"，那个人嗯嗯，突然一拍后脑勺，说，"晓得哉，晓得哉。"

大家就让他说。那人很得意，放大了声：

"茅坑!"

大家笑作一团。那个人望望，心虚了，翼翼而问：

"不对吗?"

"不对。"

"啥不对，不是你讲天天要用的。"

"天天要用的只有茅坑呵，我看你老婆你也天天要用。"

有个老头子笑得呛出口茶来，不停咳嗽。

"猜不出，猜不出，讲给我听吧。"

"真猜不出呵，桌子上就有。"

那个人已经被大家笑蒙了，现在就是把八仙桌吞下去，估计还是猜不出。这时有人揭了谜底：

"茶壶。"

"茶壶？不对不对，我就不天天要用。"那个人嘴还硬着。

"那就再给你猜一个。"

孵鸡孵在中央，

尾巴翘到梁上。

"这还用猜吗!"

"你说是啥个?"

"大茶壶。"

从此那个人得了"大茶壶"绰号。这条谜语的谜底是——"灶头"。

在乡下，最让人快乐的，是一种谜面开荤而谜底吃素的谜语：

起来一条缝，

进去一个洞，

闻闻臭烘烘，

摸摸软东东。

谜底是"罱河泥"。这类谜语很多，有钓鱼、插秧、割稻、摸螃蟹、种瓜、挑担、纺线，等等，等等，简直是一部江南农事诗。

有人给我猜一条谜语，谜底是"水红菱"，谜面是这样的：

塌水桥头一棵菜，

十人走过九人爱。

我至今还没有搞明白，长在水里的植物多了去了，茭白，鸡头米，藕，就是菱也有多种，为什么谜底偏偏是"水红菱"，就不能"乌菱"或者"和尚菱"？当时，我们在茉莉花地里抓螳螂，一个比我大几岁的小姑娘给我猜的。这不是寒假，应该是暑假的事了。我把我深刻的怀疑告诉这个小姑娘，小姑娘不耐烦了，手一挥：

"街上人就是笨，乡下都这么猜。"

我去的那个乡下，把城里人叫作"街上人"，他们祖祖辈辈种茶花为生。他们是花农。

半天纪实：伐竹，改诗

天井里没种新松，有竹数十竿。伐竹的原因只是它挡多了阳光，冬天一来，室内沉阴。家中除菜刀外，别无铁器，向有耳借斧头，他送来了。帮我砍。我反成为看客。竹有弹性，据有耳讲，比砍树要难。我试试，斧头在竹节上发出"米"的颤声。我说，如果能伐出七个音符——有耳笑了，他拿过斧头，又朝浓密处砍去。

竹子倒下，风声更大。

原先茂密的面目，现为疏朗所在，风顿有余地，竹随意相击。有耳伐完天井西角，我拿过斧头，开始东征。一斧头一斧头砍去，阳光就一点一点塞塞窣窣下来。我内心快活，像在挖地道，突然遭遇劈面的微光：也有人从地底那头挖来。谁呢？伐下的十几枝苍竹，堆在地上，因为躺倒，就占地方。而活物能竖着把另一半寄放于蓝天白云之中。我说的是竹子，也好像说人。已到午饭时候，我叫有耳不要走，等会儿南京木三与小羊到，一起吃个饭，还能打上一局牌。

　　我们就坐到门边，伐竹后阳光块块。有耳从书架上抽出苏东坡诗集，要我谈说。我讲你先随意选上五首或十首，默读一通，再轻声念一遍，复大声念一遍，然后闭上眼睛，静坐片刻，自有体会。有耳在一边按部就班。苏东坡真是大才，写作比我们伐竹还容易，他是破竹，其势如破竹。真势如破竹的话，也就难免不拘小节。有耳读到《石鼻城》时，我说，我要为东坡改诗了。变一个字。

　　　　平时战国今无在，陌上征夫自不闲。北客初来试新险，蜀人从此送残山。
　　　　独穿暗月朦胧里，愁渡奔河苍茫间。渐入西南风景变，道旁修竹水潺潺。

　　"独穿暗月朦胧里"，"穿"字，下得神绝，给人感觉这"暗月"是"残山"中的"暗月"，山势突然夹逼，石路也险绝。这一句是过渡，更是搭襻，扣住"蜀人从此送残山"和"愁渡奔河苍茫间"。下得神绝的字都不跳眼，炼字毕竟还是炼意，以一当十，让意象丰富，使境界阔大。只是"渐入西南风景变"的"变"字，有点露，有点强烈。因为"道旁修竹水潺潺"一句，暗"变"其中，意思足够。这首诗机变，历史在变，生活在变，地理在变，情

196

绪在变，一句一变，变得差不多忘记在变。而到这里，再说又是"渐入"，更不会"变"得如此强烈。要留意诗句之间的空白处：在"愁渡"与"渐入"这两句间，已经依稀见到"修竹"，已经依稀听到"水潺潺"，所以，要把这"变"字变掉。

变一个字。一个不动声色的字。

"我想不出来，你想想吧。"我说。

也不要拘泥于此。因为，换种角度，我也可说这"变"字很好，苏东坡像个魔术师，连做六个动作（前六句），在做第七个动作（第七句）时，他高喊一声："变!"就把征夫、北客、残山、奔河统统变没，变出道旁到处修竹更有潺潺流水旧貌换新颜来，这个"变"字反而成为手法中的关键，虽说看起来有点像跑江湖。

正说与有耳听，木三与小羊到，说："呀，砍了一院子的竹。"

苏州人把"院子"说成"天井"；南京人把"天井"说成"院子"。

金圣叹剩

金圣叹的"圣",我常常看作"剩"的谐音。金"剩"叹：姓金的这个人有如此才华，却只"剩"叹气的份。这是不幸，也是大幸，毕竟他叹出的一口气到现在还没消失，剩下点什么。这是此文题目由来。

金圣叹，我大概十岁左右知道这个名字。那时候，擅说《三国》的张国良先生，常来我家与父亲对饮，有一次，张先生微醉，和我说起金圣叹。他说："弟弟，金圣叹这个人你应该晓得，是个奇人。"说罢，朗声念出一首他的断头诗。这首诗当然伪作，但有人为他作伪，那么，这个人肯定有点名堂。后来我上小学三四年级，批《水浒》"只反贪官，不反皇帝"，金圣叹也被露了几回面。再后来，读到《杜诗解》，方对他有个初步了解。

而有关他的文字，前人当推廖燕《金圣叹先生传》为第一，中有"为人倜傥高奇，俯视一切，好饮酒，善衡文评书，议论皆发前人所未发"这几句。特别"议论皆发前人所未发"这一句，许多年来，一直激励我的诗歌写作。

金圣叹评点不少书籍，他把《庄子》《离骚》《史记》《杜甫诗》《水浒传》和《西厢记》称为"六才子书"。这"才子"非"才子佳人"的"才子"，含有"人才"之意——是以后龚自珍"不拘一格降人才"的"人才"先声。这样称谓，自有痛惜和呼唤的意味。金圣叹正因为从此出发，所以兼容并蓄。当然，也是他本身思想和观念上的杂乱与矛盾。《史记》与《西厢记》并列，实在大胆，也实在有见识。《西厢记》就是一部情感"史记"，是正史，非野史——并无狎昵。但《庄子》与《杜甫诗》区别实在太大，一出一入。由此看来，明清时期中国文人的心态最为复杂，不是"出"与"入"所能解脱。做官不成，做隐士也不成，开始实际，或者说现实起来——就做个读书人。只是金圣叹并不安分，评点《离骚》和《水浒传》，不仅仅是两本书的读后感，还是他心路历程。依我看来，除了学术，还有金圣叹的心术：忠臣难做，不如做个叛徒。当然，这叛徒本质上还是一个忠臣。历代忠臣，不可只看作是忠君，否则就小看他们了。忠臣实在是在忠于他们自己所参与和制定的文化规则。

金圣叹"六才子书"，他之所以选择这六部书，细细想去，十分微妙。

金圣叹的确是个奇人，但我更目为怪才。人才每个时代都有，但在不同时代，会成就不同"才干"，如在开明之处，就是俊雄之才。而金圣叹到金圣叹所处的环境，只得一怪为才了。怪才出现和多出怪才，只能说明这个时代的黑暗和凶险。从金圣叹轶事来看，中国社会到金圣叹前后，已是真正的穷途末路，即使有明君，也无济于事。所以，金圣叹的呼唤又有何用？只能作为个人觉醒的梦魇。

金圣叹轶事里，我对他和归庄的关系尤为关注。归庄高士，我曾见过他的一幅墨竹图，如果胸中没有一点气象，画不出来。但恰恰是他极力诋毁金圣叹。这绝不是文人相轻，从中，也能体会到传统文化中的杀机。非一言所能蔽之，到此为止。

金圣叹轶事的高潮诚然是哭庙，但我觉得不是他的精彩之处。因为一个像金圣叹这样的读书人是本不企求什么高潮的，如他自己所言："砍头最是苦事，不意于无意中得之。"真是无奈。明清两朝，我觉得这两个人物可归于一类，即徐渭和金圣叹。徐渭一生处处"高潮"，却活得很长，这是奇迹。金圣叹才有"高潮"，就被杀了头，这真是无奈！

颜 色

　　几点秀露下的白牡丹是美丽的，不见苍白，显得透彻与厚。朝阳一出，晨光打在秀露上，穿过这珠圆玉润，花瓣的纤维牵着一丝丝一缕缕的微蓝淡紫，微淡得毫不经营。稍不留心就视而不见。微淡的颜色，典雅的女子，她轻声轻气说出举重若轻的话，轻盈得要飞。羽毛上天，鼻息都能使它扬起身体。如果这几点秀露滴上红牡丹，花瓣就会平添——什么？含悲，含喜，为悲为喜都战栗起谷雨三朝的妩媚眉批。午后，红牡丹上的秀露被阳光照干，凝视花瓣，我像在若无其事的玻璃杯沿发现口红浅浅的痕迹：嘴唇是丰满的。在春天，不用经意，就能看到许多好颜色。

　　苏州的老式建筑都呈灰色调，如《申报》上的照片。黑瓦白墙，经过时间的精打细算，黑瓦变得灰黑了，白墙变得灰白了。时间之灰使黑与白不再冲突，南辕北辙的家伙成为学贯东西的通人。时间是门学问，那些字画行的赝品制造者，倒也可怜，他们在素纸黄绢上装扮古人，与历史斤斤计较。而一个粗糙的时代最没有颜色可言，要看到好颜色，需要莫大的精心、耐心和漫长的等待。就是过去何楼中人也不这么急功近利，为了造假，必先挑选一二聪慧童子，让他心无旁骛，目不斜视，专心临摹这一家笔墨，读这一家喜读之书，吃这一家爱吃之物，十几年下来，总会有些这一家气息，于是才让他们去假展子虔假李思训一番。这种管理似乎是一座职业技工学校了。我见过当代赝品，直像听说的"三也先生"。"三也先生"自称精通古汉语，就是在给朋友信中每句话后面都加个"也"字："大札收到也，迟复为歉也，近来你还好吗也。"

闲话少说，在苏州小巷闲逛，常常有被艳遇的感觉，穿行其中，所以并不觉得沉闷，偶尔一个紫丁香姑娘，偶尔一株绿芭蕉，偶尔一只白母鸡，都会让你有木梳从手臂上轻巧划过时的陶然醉然。这些空白、这些细节留给邂逅，亦如在博物馆观赏书画，那不期而至的朱色闲章说是漫不经心也行，说是匠心独运亦可。

苏州之美，不在园林，也不在女人，美就美在那种仿佛拓片、仿佛黑白照片一样不无抽象意味的灰色调宁静。

我上班地点在一条小巷，巷中有棵老银杏。初春它常常给我惊讶，猛地就绿了。那碧绿的叶色像电灯刚被发明，把人一下照亮。这是充满欲望的时刻，四处走动又似乎无所事事。我把自行车停在树下，内心会一掠而过年年深秋银杏树金黄的叶子。金黄的银杏树比碧绿的银杏树更加耐看，一夜狂风，它在小巷里、屋顶上撒下无数金箔，冷冷的古色古香，高级得以致无奈，以致想要遁世。这一棵银杏，我从没见过它结果，唯其不结果吧，就更觉得华丽。据说银杏要成片栽种，花粉谱系才能在鸟飞过的道路上流传有序。或如《花镜》所言，银杏单植要其结果，就得植于水边，它要照见自己的影子之后，方会春华秋实。

一时期有一时期颜色，这颜色集中又曲折地表达这时期的政治、经济与文化。"青绿山水"和"浅绛山水"就是两个例子。政治、经济、文化，被提纯为一种颜色，在文人学士的心中就成某类心态。颜色会使我们找到颜色背后隐藏的事物。

历朝历代对线条有过不少研究，但对颜色却大而化之。很多年来，我一直有个梦想，也是大而化之的，想找到最能代表中国的一种颜色——中国色。这实在是个梦想，不切实际。

冬天了，我捧着茶杯：凹腹凸背，缩颈低头，全无豪气，大有猥琐。猥琐得不敢言语，倒有凝神定心之际。红茶之影投在手上，宛如含蓄的红木摆件。想想造物主真是多才，对颜色如此敏感，为让世界丰富，就撒出黄皮肤的人、白皮肤的人和黑皮肤的人来。种族主义者都是色盲，颜色有什么贵贱之分。不敢言语的时候，我就看红茶影下的双手，这双手不是我的，只是被阳光调出的近朱者赤。

觉得自己的手非我所有,对写作——觉得这神秘的仪式之中活跃着要被唤醒的好颜色。

某日,与朋友饮于茶楼,走廊横梁上挂着几只白灯笼,俗话说成"棉筋纸"灯笼。灯笼里的光,托出两三个墨字:

"春"

"卜"

"意"

我爱"卜"字"意"字,常常书写。这座茶楼的设计出自我的朋友,多种颜色组合得看起来只是一种颜色。这几日,他在这里举办观摩展,那些油画近作,我先前大都看过。傍晚时分,我们到隔壁酒馆喝酒,后来,蹒跚着醉步,从楼梯上下来,他说:这一块颜色真美。楼梯口的地板漆成粉红一色,墙角放着一盆茂盛的绿萝,有些像年画。我则更喜欢扶手上的深红,被手上上下下抚摩,花烛夜罗帐暗影,生命的呻吟断续春风。

我说起中国色，朋友吃吃地笑。年画里大红大绿表达了民间喜庆，而书法白底黑字又透着些文人内心的萧索。这常见于我们生活中的颜色示意出外向和内向的两个极端。我想起青花瓷器。瓷器中，青花与粉彩我都极爱，粉彩迹近年画，青花有些黑白意味。不同还是很大的，青花不萧索，雅俗能共赏。雅中见俗，俗中出雅：我爱无名艺人们的手绘，上乘不在八大山人之下。青花瓷中屡见"福禄寿"三字，民间艺人书来，"就是一幅抽象画"。

　　恐怕我永远也找不到中国色，这本身就是一元思维。但我能用一些颜色点彩我们文化中的各个部分：我把这些颜色拼贴起来，它们变幻莫测。

　　又：瓷器中豆绿与美人霁都极纯粹，好像一位古代文人的思想和生活。这样的颜色，似乎不复出矣。

花与果

一朵猩红和一朵雪白的花，凋谢，开放。看到它在今年里凋谢，觉得美，就像要等一个人死了才觉得他的好。只是比方而已，人花不同。人死不能复生，而花还会再开。尽管再开的花不会是凋谢的那朵，但它毕竟开放了——我就等着来年。也许花只在凋谢之际大美，也说不定。花。花朵。花花朵朵。一朵花，一朵朵花。一只果。绿色的果子，金黄的果子，佛手随便怎么看，也不像是果。古雅的气息袅袅冉冉在佛手金黄指间，舍不得吃，作案头一本正经的清供。

童年时候，识些花果，对一生都会有影响：起先是花，后来是果。当然，一个人也会是无花果，更多的时候则是无果花。因为相对来讲，童年总是如春花一般亮丽的。即使穷人家的孩子，他也有花开的一段时光。

天井角落，有一棵万年青，种在釉色极好的菱形盆里。这菱形盆像面镜子，照出它翠绿的姿影，恍如隔世。也真隔世，这棵万年青是我曾祖父亲手种植，孤独着百年枝叶。我从没见过它开花结果，我的祖母说，她也只见过一次，是她刚嫁过来的那一年。我愉快地想象着祖母新娘：她调皮又羞涩地掀起红盖头一角，并没有看到作为新郎的祖父，只见天井角落这一棵万年青，捧出字里行间不断划出的一队红圈。我曾见到家藏的一部《水浒传》，书页上常常有红圈绵绵漾过，很可能是我曾祖父手笔。我的祖父不爱读书，只喜欢喝酒。我的父亲极爱惜书，他读过的书都像新买来的一样。至今我读他的书时偶尔折角，他见到都要叱责。父亲不会画红圈，他只在书的扉页写下姓与购书日期，连名都简约了。友人给他刻过藏书章，也不愿打。说印泥时间一长都要走油。小时候人家来借书，我和妹妹会把书名记下，不是怕他们不还，是怕他们弄脏弄皱而父亲赖我。一日读《三曹诗选》，他说怎么有油迹，就摸了摸我手。我的手很干净，而他还狐疑着，我就拿出借书单。他看看，不吱声了。从此，他大概觉得儿子已有心计。父子之间，父亲觉得儿子有心计了，就会放下架子，客气起来。就像我现在对我儿子岂止是客气，简直恭敬得很呢。记得我问过祖母，万年青的果实是什么样子的，她想了想，说："像樱桃。"语气很肯定。可惜那时候我樱桃还没吃过。这么多年来，我只吃过两回樱桃，和见过一回人家吃樱桃。那一年，在大连的有轨电车上，一晃而过的见到人行道上有两个姑娘在吃樱桃：若干红色的逗号在风中点断芳香季节的长句。她们清浅的身体在渐渐涨潮，一位紧着海魂衫，另一位也紧着海魂衫。一道蓝隔着一道白，仿佛淡白的人行道隔着傍晚那钢蓝地伸长在电车哐当哐当下面的铁轨。八十年代在南京求学，我又吃到一回樱桃，离上一回足有二十余年。还是大名鼎鼎的"晓庄樱桃"。后来认识一个女孩，很任性，但我待她有我罕见的耐心。因为她是晓庄师范毕业的。冲着她在生长樱桃的地方待过几年这一点，我能不具备些耐心吗？晓庄樱桃是二十年才熟一次。又大又红，的确好吃。我好像已在散文中几次写到樱桃了，现在想来，大概就是这个"万年青情结"。万年青的果实还是没有见到过。小学时候，习作国画，才在《齐白石画辑》里见到。他有一幅画名"祖国万岁"，画的就是万年青。在苏州有句土话，叫"千年不死的老猢狲。"猢狲即猴子，有关猴子的寿命，我无这方面知识，想来应该不短。所以在祝寿的画幅上，除了"老寿星"外，还有"猴子献桃"。

"为什么是桃子，画中的猴子不能捧只梨？"儿子问我。

"王母娘娘有蟠桃会，桃是仙桃。梨是离，寿星会不高兴的，咒他离开人世。"中国的民俗民风，有许多谐音色彩。猴子献梨，倒是幅漫画，可以讽喻做了官而对长辈不孝顺的官人。看来桃是个仙桃，猴是只官猴，而龟更好。虽说"神龟虽寿，犹有竟时"，以我的知识来判断，龟的寿命一定比猴要长。据说呼吸中有一种为

"龟息"，凡人有此龟息者，必为大器。基于这个思路，我画只乌龟背驮鲜桃，碰巧哪位朋友生日，就能趁势送出。满怀着祝愿的好心肠，我还在乌龟宿墨的背上，用藤黄染染——可以视为金龟。

我种过桃树。

其实也不是存心种的，吐颗核在天井里，它居然抽枝出来。第二年，天井的泥地里抽一枝细长的桃树，我才想起去年我曾在那地方吐了一颗桃核。说桃树是夸大其词了，只是一根桃枝，摇着几片窄叶。当然，有机会的话它会长大成树的，只是没这个机会，它命薄。被我表弟连根拔起。待我发现，再种下，第二天就萎黄了。前年暑假，表弟在我家吃无锡水蜜桃，汁水溢手，我猛然想起这往事，顿觉得他屠杀过一棵桃树，双手沾满春天的鲜血。表弟把它连根拔起的时候，一弯腰，正是春天。

卖水蜜桃的，都说卖的是无锡水蜜桃。就像作家协会的司机所言，他迎来接去的南来北往的作家们，都感觉自己是最好的作家一样。作家要卖的桃子，也不会是水蜜桃，一般而言是统货胆汁桃：皱紧了眉头作拯救芸芸众生状，吃尽了苦头写以为的凤凰遍体文章。为人生的作家卖桃子，为艺术的作家吃桃子，我想都很好，如果硬要把人生和艺术分开的话。不好的是那些有剽窃爱好的作家，常常下山来摘桃子。在苏州，一到夏天，街上卖水蜜桃的，都说卖的是无锡水蜜桃。无锡水蜜桃在江南一带，很是有名。卖桃子的挑着蒸笼，一层一层地放着无锡水蜜桃，精致点的，还在上面撒几片露水蒙蒙的桃叶。看到蒸笼，我很开心，像是要过年。记得小时候我很少见到祖母用蒸笼，好像只在年夜饭后蒸年糕才用。蒸笼在灶头呼呼地飘着白气，这时候，就能闻到桂花和白糖的香甜。

桂花一开，日光里都是碎碎的金粒，在蹦，在跳，蹦过一泓秋水，跳过半堵影壁。而到夜晚，月色间的桂花，只听其香，不谋其色，这色已无足轻重，因这香正流金溢彩。香即是色，仿佛一入侯门而悄然寄水而出的几片红叶。

桂花开的时节，我发现一个恶人。

他的门前有棵老桂树，到时几位邻居老太会采一些桂花，用来糖腌。土话说渍，盐腌糖渍。但《现代汉语词典》里没这个说法，只得普通话里规范为糖腌。糖腌桂花，简称"糖桂花"，蒸年糕时放一点，也煮在汤圆里，无馅，娇小，我们叫小圆子，即桂花白糖小圆子。这是传统的风雅。老太们采一些桂花，也不折枝。他就在一旁笑眯眯地看着，说："多采点，多采点，不采也要谢的。"我姑祖母也去采，他吞吞吐吐地劝阻了，后来才知道他在上面喷了"敌敌畏"。他在上面喷了"敌敌畏"，用自己的尿液稀释。糖腌的桂花不能水洗，否则败香。他在桂树上布置好作业后，就在一旁等邻居老太们来完成每年的功课。他手抄在身后，笑眯眯地说："多采点，多采点。"他对我姑祖母发善心，想来是有点内疚：借走一套

210

民国时期的漆器，说是弄丢了。

姑祖母对祖母说道："人心多么龌龊！"祖母望望姑祖母，说道："不是龌龊，是恶毒。"

所以至今我糖桂花一概不吃，也就在很多地方失却传统的风雅——由于一个人的恶毒，这生生流转的风雅传统在我身上竟"咔嗒"中止。

见得最多的是凤仙花和鸡冠花，我喊作"指甲子花"和"鸡冠头花"。凤仙花可以染指甲。因为我的祖母和我的姑祖母和我的邻居老太都这么喊的：

"呀，指甲子花又开了。"

开了一甲子。

"长得还真高！鸡冠头花。"

这鸡冠头花！

好玩的地方

　　人常常能从木偶身上，看到自己笨拙，如果他看木偶剧的话。有时候我想，木偶的提线再多一些，那么，它的行动会不会更加自如表情会不会更加丰富？有一次，某位木偶剧团的副团长回答我，他说："线再多，就把我们搞乱了！"我大笑，一个能被木偶搞乱的木偶剧团，该是多么好玩的地方。其实我们已在这个地方，只是不知道它的好玩。

一个梦和另一个梦

　　梦是共同的发明：白天和黑夜；一个人和身体深处的另一个人；现实与未来；睡与醒；凋谢和开放；盒子和窗；屋顶与道路；孤注一掷与急流勇退……的共同发明。一个梦仿佛把大床搬到十字街头，我裸睡那里。而另一个梦早已把床脚垫高，如一座木塔。我在塔顶上下不能。人们登到塔的最高处，却不知头顶还有一个恐惧着且羞耻着的家伙。我梦见两个人。这是另一个梦。这个梦已是多年以前的一个梦了。我从一座楼梯上下来，两旁扶手栽满仙人掌。下到最后一级，我遇到她们。她们侧侧身，一边一个，从我身旁上楼。我回头看看扶手，上面挂满一只又一只绿色的手套。她们边走边拿着手套——其实在脱手套，每脱掉一只，就露出一只手来，每只手的手指上都夹着点燃的香烟。后来，我跟在她们身后，来到一所空荡荡的房间，墙上有块黑板，她们用手朝我指指，我就被贴到黑板上，像一具印在纸上的人体骨骼。我对她说："一把老骨头了。"另一个她就用教鞭捅进我嘴，"噗"的一响，纸被捅穿。这是学校财产，她对另一个她说，要爱护公物。这梦对另一个梦来讲，是最近的一个梦。我在一个梦里又遇到另一个梦里的她，一座岛上，我居住的草棚简陋，椰丝团给我送来印刷品，我读到《蝎子专号》和《点心师》。我离岛而去，来到一所空荡荡的房间，墙上有块黑板，我睡在一张床上，旁边，有另一张床，上面睡着死者，朝我笑笑。她进门了，吻一下我的额头，说："快到岛上去吧，上面有一百只蝎子和十个点心师。"这两个梦相隔几年，但我梦到同一个她与同一所空荡荡的房子。空荡荡的房子似曾相识，而她我在日常却从来没有碰到过。我相信她是子虚乌有的。但我还是好奇，好奇的是在另一个梦与这一个梦之间，也就是说相隔的几年，她会不会生活在另一个人的梦中呢？如果确有其事，就很难说她是子虚乌有的了。写赠未来之妻，年月不记。

青橄榄青木瓜青女子

"现在该轮到我。"

"我是个艰涩、乏味、难读、令人困惑的作家。"

青橄榄如是说。

大年初一，轮到青橄榄，用青橄榄泡茶吃。年底年初，江南的水果店就开始供应青橄榄，装在大口紧盖的玻璃罐里，全称"广东檀香鲜橄榄"。

对一些人而言，青橄榄是艰涩的，青橄榄是乏味的，青橄榄是难读的，青橄榄是令人困惑的。

对谚语里的猴子而言，青橄榄起初是艰涩的，青橄榄起初是乏味的，青橄榄起初是难读的，青橄榄起初是令人困惑的，但它扔掉之后，随即感到舌尖回甘，这种回甘搞得猴子心神不宁，它开始寻找被它刚刚扔掉的折磨。扔掉的折磨，更折磨人——因为找回这个折磨，竟然要扒塌三间草棚棚，花了大代价。

谚语曰："猢狲吃青橄榄，扒塌三间草棚棚。"

这就是想象的存在？各种水果有各种水果的存在方式，有的水果通过女人存在，比如樱桃；有的水果通过权谋存在，比如水蜜桃；有的水果通过孤独存在，比如青木瓜；有的水果通过幻想存在，比如榴莲。每一种水果都留下一幅肖像，每两种水果都留下一场对话。

青木瓜：青橄榄是您现在使用的名字，也是您被他反复提及的名字，就好像联结您整个一生但又难以界定的位置。那么，"青"，究竟"青"在哪儿？

青橄榄：在我最初的那些色彩中，我说"青"，"青"是这儿，就在我们内部。不是我，也不是我们，而是这儿，一个精神空间，充盈着某种东西的精神空间，寻求一个词，一次交谈，一次相聚。发生在这儿的事情，发生在意识中的事情，这是一种无法自述的意识。此时，我正与您交谈，"青"正占据着整个空间，这儿，但是您却在那儿，因为这儿已经被"青"占据。

青木瓜：您总是对您著名的"青"痴心不改？

青橄榄：我只对这些感兴趣。这些转瞬即逝的内部运动。举例说，当我们忘记一个词，当我们吃惊于一个得体的表述，当我们说出一句精彩的话，这种活动就发生了。这是对界定所谓的"记忆空

216

洞"所做的最初尝试。

青木瓜：谈谈您所用的一个罕见人名，"广东檀香"，为什么您要用这个名字？

青橄榄：这是我偶然找的一个名字，她是我曾经认识的一个姑娘。

青木瓜：那么"刺桐"呢，也是一种树的名字，对吧？

青橄榄：这也是偶然得之。我曾到过希腊，有人问我正在观看的树的名字，我实在记不起，拼命去想它败坏了我赏树的兴致。

青木瓜：所有这些都浸透着一种诗意。

青橄榄：尤其是自从大家写诗都不押韵以后。

青木瓜：一斤广东檀香橄榄由二十只青橄榄组成，这也是有意的吗？

青橄榄：这个数字没有任何意义，纯属偶然。可以是十只，也可以是五只。只要是从内心出发的"内心运动"。

青木瓜：您也喜欢玩"内心运动"这个游戏？

青橄榄：我很喜欢。好像我也这么干，从一件事情突然转到另一件。

青木瓜：您讨厌俗套的句子，比如，"青橄榄的这种回甘搞得猴子心神不宁"。

青橄榄：对我而言，这句话是一个庸俗的信号。人们漫不经心地说出这类话，在日常生活中，这就像是过敏疙瘩，很快会过去。但是在我的味道中，我要那些能留下来，不被忘记，而且还在发展的东西。

青木瓜：其实，也许"艰涩"的功用正是不让这些套话得胜，您的"这儿"也许正是令人困惑的空间。

青橄榄：也许吧。所有这些细微的内部活动只能通过味道传达。没有味道，就没有"内心运动"。必须把味道像事物一样拆解开，然后慢速再现，尽量放大。要重构转瞬即逝的感受。重构是一项巨大的工程，需要很多时间。但这也正是驱使我投入玻璃罐的东西。

青木瓜：味道是否就是一种好的语言调教坏的语言，比如口语，也就是口感。

青橄榄：我不这么看。我是混合书面语和口语的。也就是混合了口感和情感。

青木瓜：还有吗？

青橄榄：当然还有，比如肉感。肉感决定我的生活。

青木瓜：为什么？

青橄榄：难道您不是这样吗？还有，有人说我是乏味、难读的水果作家。您不觉得吧？竟然这样说我。的确我的味道是需要用心去读的作品。

青木瓜：您的文笔很洗练。

青橄榄：我尝试用最简短的方式最直接地向吃青橄榄的人传达感受。比喻也应该简单。但是我却花了许多时间来赢得读者。

青木瓜：您还一直在水果店写作吗？

青橄榄：不，结束了。现在，我只在蜜饯厂写。

"我是个艰涩、乏味、难读、令人困惑的女子。"

有一天，艰涩、乏味、难读、令人困惑居然令人困惑地成为时尚。

回忆马缨花

农庄里有三棵马缨花。它们像三个姊妹，要开一起开，要谢一起谢。但它们从没开过。别处的马缨花开着粉红的花，像小丑高帽子上粉红的绒线球。

我去的时候，鸡鸭都在鸡舍鸭圈，没见到。农庄总经理骑着一匹乳白的小猪四处走动，小猪的耳朵掀动开来，是粉红的，带着热气、潮气。经过我身边的时候，我正在稻草垛下喝茶。我喝一下午茶，直到太阳落山，山的荷叶皱被光勾出，与阴唇差不多。此刻的大自然是女性美，阴气缠绵。

不一会儿满月升起，我骑着一张乳白的小桌四处走动，小桌的四条腿掀动开来，是粉红的，也带着热气、潮气。小桌跑到路灯下我才发现它的四条腿是粉红的。我与小桌跑进室内，在大玻璃边喝一晚上酒。

三棵马缨花的影子投到大玻璃上，三个姊妹一鼻孔出气。

在大玻璃边喝酒的人越来越多。快喝醉了，突然发现，大家都是老同学。

"你是桃园中学的?"

"是啊，桃园中学。"

"我在卷心菜一班。"

"我也是卷心菜一班的，班主任萝卜头。"

"对啊，我想起来了，我们一起腌过萝卜头!"

我们学校门口有一棵马缨花，班级门口有一棵马缨花，还有一棵马缨花，在篮球架后面。校长曾经在篮球架后面的一棵马缨花下揪萝卜头，马缨花落了一地。萝卜头就跑进卷心菜地撒尿，我们把他腌了，去化学实验室偷来许多精盐。我现在只记得腌过的萝卜头也粉红，马缨花开着粉红的花。

我们是同伙，一鼻孔出气。

而我现在回忆马缨花：而沧浪亭黄石假山前有几棵马缨花——而同里镇上有几棵马缨花——而那里有几棵马缨花——而这里有几

棵马缨花——而它们像同学年少，而二三十年之后觉得青春是同谋，而同谋的近义词：合欢。

"同谋""合欢"，二三十年之前谁能想到它们是近义词。

回忆园路河山

　　我在苏州生活三十余年，那时，很少想到要去园林转转，好像从书店买书回家，并不急着阅读。现在每年回苏州小住，不去一下园林，回到北京后多多少少有些遗憾，一如借书，不及开卷就被归还。去年春节我回苏州，约上几个老朋友网师园吃茶，待客之际，园子里转了一圈。几乎不见人影，少有的静，这静，说是宁静又偏多落寞，说是寂静又不乏生气。或许宁静本身苶苶勃勃，谁知道。我站立片刻，某年暮春时节，初夏天气，衣衫轻薄，我在这里看到两三朵芍药花，像是看到一庭院芍药花。中国艺术以少胜多，自然在这样的氛围里，也就不以少为少。墙角一株垂柳，就是乡野漫卷的一座柳林。苏州园林里的片石断溪，实在是一山一水。人不在高，以品为高；园不在大，以小见大，拙政园不及网师园之处，就在这里。网师园里有座"一步桥"，跨一步就能过去，我跨半天都没跨过——看那粉墙上的藤影，娑娑有声，此刻，没有风，只有夕光漫过。想不到藤影在夕光里也能娑娑有声的。前年夏天我回苏州，常去艺圃吃茶。艺圃里有棵白皮松，真好。什么地方没有白皮松？但这棵白皮松长在艺圃里，真好。外地人游苏州园林，的确是游，从这里跑到那里；苏州人游苏州园林，找到茶室，坐下不动。苏州人游苏州园林仿佛只是吃茶。我现在又要吃茶又要那里跑到这里，说明已是半个苏州人了。或者我是两个人：一个我，是苏州人，另一个我，是外地人。我永远是苏州的外地人，即使不离开苏州，倒不一定是外地的苏州人，所以颇为自负。

想得起来的只有人民路：一条最为乏味的路。现在苏州小巷稀少，小巷稀少也不就是有路。现在苏州都是房子，来，来，我们开始跳房子。

现在想来，我童年时候的苏州还有许多河，我去河边玩。现在想来，去河边玩，也就是往河里扔小石子、砖块、泥巴。这是一种游戏，名之为"削水片"。现在想来，我倒有些精卫遗风。前世——难道我是一只精卫鸟？我一直以为我是蟑螂。或者螳螂。或者槟榔。为什么我的前世就不能是一棵树、一种植物？或者一口痰？我是在青春期才学会游泳的，游不长，一根筷子那么长。现在想来，那时候，四五六岁的时候，六七八岁的时候，八九十岁的时候，十十一十二岁的时候，十二十三十四岁的时候，我没有淹死，现在想来，真是意外。

苏州的山不少。我叫得出名字的山不多，爬过的则更少。我第一次爬山，是读初中，与几个同学骑自行车去的，先去木渎，后来爬了灵岩山。山脚下有卖甘蔗的，不是一根一根卖，切成一节一节兜售。当时觉得新奇，因为在城里从没见过。灵岩山上有多宝佛塔、吴王井、玩月池。那时我都觉得意思不大，西施在池边玩月，还不及我班某女同学水龙头下洗饭盒多情。下山时候，碰到一个和尚上山，天气不太热，他轻描淡写地摇着一把白折扇。

天平山红叶江南有名，我去过几次，没觉得它红。苏州的秋天一点也不深，"秋尽江南草未凋"，的确如此。后山的几块荒石倒自在，不俗。自在了，就不俗。而不俗不一定自在。天平山还有"万笏朝天"一景，石头都像臣子上朝拿在手上的狭长板子，真的是像。苏州人唯唯诺诺，殃及山水，连天平山石头也只得臣服。

我不记得哪座山，山中有个水库，有一年夏天我们去游泳，走过一个当地人，他指着远处的水面高喊：

"看啊看，看啊看，那里漂只绣花鞋。"

我们竟感到一种恐惧，像是与生俱来的恐惧，吓得都往岸上爬。

有位朋友他住花山脚下，热爱小说，十分好客，城内的文学爱好者就常常去他那里喝酒聊天爬山放屁。花山上有段台阶，在一块巨石上凿出，人走其上，咚咚直响，似乎空心。狗跑其上，也会咚咚直响吗？有一次我们牵条大黄狗上山，我忽然想起，特意试试。

　　花山这个山名，我以为是苏州最好的山名。花山光秃秃的，以山石为花，就更好了。但花山不圮，满眼荆棘。

　　下山后，我们发现自行车前轮后轮一概被人放气，我这位朋友就用土话叫骂，不一会儿，不知从哪里钻出个人，拿着打气筒，低着头很不好意思地给我们一一打上。我这位朋友说，如果他不在的话，那人就要收我们打气钱。山里人还是老实。

壁画系

哦？壁画

哦？他蒙住眼睛，不看，因为他参加游戏。他被伙伴抓着转了几圈，然后推到中间。伙伴为他滚圆。

蒙住他眼睛，一个游戏："摸瞎子。"

他的大头。在柳树的暗里，不是太（觉得）热的夏天下午。

他的大脸蛋上蒙块蓝布，我从高远处望过去：@。

他太像@了。圆滚滚的@。

@。前面是什么？后面是什么？中间是自由的心灵连说带比划、一笔勾出的虚空也，也并非如此。9月9日，会怎样呢，摸象，摸象牙，摸象牙黄。海水涌涌，海水涯涯，黄蟒红蟒绿蟒黑蟒，色盲，随车水马龙过了十字路口，卖烧饼喽，你姓穷我也不富。摸象牙黄鼠狼。

虚空与空虚的不同：虚空是构建、经营；空虚是溃疡、赊账。虚空与空虚的不同取决于你认为它们不同。

代虚空与代空虚。@的脸。@脸。

八月之八月，公元与农历的@之脸忽然变厚，我们很容易厚，博物馆@。

紫色的天空，那就是傍晚；绿色的暴死一般的豆娘，辞别甘苦；虚空@123.com.cn。空虚@456.com.cn。代虚空@789.com.cn。代空虚@10.com.cn。

壁画，他喝着红茶，他发现在人的高度之上，壁画还是原先的金碧辉煌。肮脏的手和头摸黑了蹭黑了，难道不是前身？我们都来自好地方，要到坏地方去，而宾客退席，主人洗洗睡，并不是穷乡僻壤。壁画@摸黑.com。柳树，大柳树，小柳树，五棵柳树，半生半死的银瓦着凉了的一棵柳树，蒙住他眼睛，蒙住他眼睛，蒙住他眼睛，快乐@暴力，他没吃游戏，所以还有微薄的恩情，为什么要在这里出现壁画而不是他喝着红茶，精心设计？精心设计他蒙住眼睛，被隔离了，甲虫。有关他的几种眼病，蒙住他眼睛，也就是说蒙住他的暴发火眼、青光眼、沙眼和干眼。

他在蓝布背后满面羞愧，干瞪眼，@，@，@。药水一次点一滴就够了。"斗地主"@农历.com。据传旧社会地主横行乡里，无恶不作，农民发泄对地主的痛恨，常常在一天劳作之后，关起门来"斗地主"。该游戏由三个人玩，用一副扑克牌，"地主"为一方，其余两人为"农民"，双方对战，先出完牌的一方获胜，类似"争上游"。而"超级斗地主"在多种"斗地主"中吸取经验教训，使得战局更加扑朔迷离，新鲜而刺激的规则在游戏过程中跌宕起伏，充满快感。快来摸啊。快来斗啊。被蒙住眼睛的他或许是斗鸡眼。"斗鸡眼"：另一种扑克游戏，主要流行于江浙一带，游戏规则类似普通的"斗地主"，打两副牌，每两个玩家一组，相互配合，可玩性比"斗地主"提高不少，被省会人士称之为"双扣"，自然爽口，还记得童年带给我们欢乐的冲天炮吗？如今她在剧中可是一个风情万种的酒吧老板兼赌场老千，她身穿蓝色裙子，她手拿纸牌，她跷起二郎腿故意露出私处，由于裙子和内衣的颜色反差很大，所以容易吸引目光，她说："因为私处在这个时代是公共财富。"他蒙住眼睛，摸到赌场里的瞎子，我从高远处望过去，壁画，他喝着红茶。

最让她头痛的科目：语文。

最让她头痛的视觉：壁画和文身。于是，你来到一家文身店，让人在自己的屁股上文出"你愿不愿意和我结婚"，他忍着刚文完身的疼痛，跑到你面前，向她露出臀部，按照人物性格来看，这种程度不为过，她看到你臀部上的这几个字，一开始还以为他在开玩笑，但我却说真的，不过，惊呆的她由于从心里爱着他，我仍然愉快地接受你的屁股。至于壁画呢？从广义上讲，从资料上看，主要有三种壁画：一种是对身体的装饰，如上面说过的文身；一种是红语录牌和白领袖像，它是传统影壁的延伸发展，历史学家认为最初是由国子监的学生自发建造，后来普及为中国的基本建筑空间装饰样式；三是黑板报，它可能是史前最为流行的壁画形式，至于是怎样的形式，因为缺乏实物，现在还难以确定，有待考古发现。

他蒙住眼睛，不看，他的大头。在柳树的暗里，拍成完全能够透出来的效果。

被蒙住眼睛的他，快来摸啊。

快来摸啊@2006-8-29.com。

唉！壁画

唉！茉莉原产中国西部和印度，喜欢温暖湿润和阳光充足的环境，喜欢肥料，喜欢屎盆子往自己头上扣，所以茉莉又称"屎茉莉"。

他们集体创作，在壁画的右下角画了茉莉，象征婚姻。未婚男子梦见给恋人茉莉花环，他们即将举行婚礼。已婚男子梦见茉莉花环，意味妻子对自己忠贞不渝。梦见野地里开放的茉莉花，意味孩子也将成亲。

梦见茉莉开放到壁画上，意味孩子的眼睛将会变紫，像两小瓶意味浓郁，岂止是意味浓郁，甚至是意味强烈的两小瓶紫药水。据说学名龙胆紫。

梦见柳树，柳叶半落，晚间，北京西郊，地名"柳树井"，内左方有井台，后一老柳，右远方露出你家院子的一角，你家院子距井台约半里路，她探身看井，要寻死，又无决心，坐在井台上发愣，一人只有一条命，但凡有路，谁肯有寻死的狠心肠，想过了三天两夜，我没有活路，井啊，从此我再不挑水洗衣裳，一头扎下，井啊，井啊，你要接着我，两眼一闭，不再挨打，不再受伤。不再受伤，不再挨打，死了一定比活着强！

忽闻脚步声，急躲到树后。

壁画：我见到她的时候，我像同时见到咸鸭蛋。

壁画

我见到她的时候，我像同时见到咸鸡蛋。那个上午她已经是壁画系副主任了，她有开壁画系的钥匙，她一边说要死了要死了，一边就把红茶泡了。

壁画

关于这幅壁画：首先这幅壁画不会在正常位面进行，不要问为什么，不要试图了解艺术家的想法，未知的世界你们永远不可理解。其次所有壁画都具有双重画格，这双重画格互相知道对方的存在，但是不能沟通，所以不会出现 A 画格碰到 B 画格而一校两制。如何传递消息你们自己想办法，就像一个人自己想办法对付自己的双重人格。双重人格能代表两种职业。由于受到时间影响，相应的技能点数会变少。最后，人格的决定由观众自己掌握，或者抽鞭子限定，但是不要让我感觉到两个人格互通或是类似。比如 A 人格是大夫，早上救人，B 人格是杀手，晚上杀掉 A 救的人，这个很正常。否则会被雷劈。

你的民族因为他们在壁画、故事以及诗歌上的造诣而出名。

你对恐惧感到陌生，没有东西能动摇你的房子，如果碰巧房子里绘有壁画：红语录牌作为对传统影壁的改造，逐渐置换掉道士画符。

你的家乡的艺术家和神秘学家都在学习怎样使用强大的精神力量来战胜脆弱的肉体。

你很难被魔法或方法动摇。

你善于用毒，而且对能杀死他人的剧毒毫不在乎。

你出生在一个拿笔比用剑更危险、盛产强大法师的土地上。

你家乡的每一个人或多或少接受一些关于魔法的教育，而你学到更多秘戏。

你双手各挥舞一把刀的时候，你就是流派大师。

你可以感觉到你看不到的生物。

你可以花费一次暴力来得到免疫、麻痹、变形与震慑，并且你得到卓越的稳固。

你可以感觉到你看不到的壁画。

壁画

在《柱十一根》里，"我饿"，我写：

芳香的茉莉害得柱子修正。

其实芳香的茉莉也害得壁画修正。茉莉无所不能，在柳树的暗里，拍成完全能够透出来的效果，这种形式是传统影壁的延伸发展。

至于影壁呢？

杂 书

这几天，我觉得人情物理，各有所好。其实是种，《越绝书》曰，"慧种生圣，痴种生狂"，种不一样。

唐人写诗人情做足，宋人总有物理心思。杨万里在宋人之中顶有情致的了，但这样的句子，他写菱，"鸡头吾弟藕吾兄，头角崭然也不争"。即使不争也是"崭然"的。一般而言，物理"崭然"，人情"陶然"，唐诗宋诗可以为例。王安石说夏天午睡用方枕头最好，问其何理，他说："睡得久了，气蒸枕热，转一面再枕。"宋诗的特别之处——相对唐诗而言，就是"转一面再枕"。

王安石的原话是："睡久，气蒸枕热，则转一方冷处。"（见《墨庄漫录》）

"则转一方冷处"，以此寻味宋诗，尤为传神。

这几天，我在读《山谷诗集注》，觉得黄庭坚用典，两种出处：

一种"死典",来自书本;一种"活典",关乎他的经历见闻。《过庭录》有《大葫芦种》一条:

> 一相士黄生,见鲁直(黄庭坚),恳求数字取信,为游谒之资。鲁直大书遗曰:"黄生相予,官为两制,寿至八十,是所谓大葫芦种也。一笑。"黄生得之欣然,士夫间莫解其意。先祖见鲁直,因问之,黄笑曰:"一时戏谑耳。某顷年见京师相国寺中卖大葫芦种,仍背一葫芦,甚大,一粒数百金,人竞买,至春种结,仍乃瓠尔。"盖讥黄术之难信也。

不是黄庭坚自己说出,"大葫芦种"这个"活典"有谁知道?用典在可解不可解之间,才有意思;李商隐这方面棋高一着。

这几天,我在读《墨庄漫录》,有一条《东坡端午帖子粽里得杨梅句出玉台新咏》:

> 东坡为翰苑,元祐三年供端午帖子,有云:"上林珍木暗池台,蜀产吴苞万里来。不独盘中见卢橘,时于粽里得杨梅。"每疑"粽里得杨梅"之句。《玉台新咏》徐君蒨《共内人夜坐守岁》诗:"酒中挑喜子,粽里觅杨梅。"今人未见以杨梅为

235

粽，徐公乃守岁诗，杨梅夏熟，岁暮安有此果，岂昔人以干实为之耶？东坡以角黍为午日之馔，故借言之耳。

"东坡为翰苑，元祐三年供端午帖子"，旧有"翰苑岁进春、端帖子，如大内多及时事，太上则咏游幸之类"（见《淳熙玉堂杂记》）云云。

古人守岁要吃粽子？于是我胡思乱想，粽子并不像后来这样时令，他们大概把用叶子裹煮的都叫粽子，没裹叶子的叫糦子。

"岂昔人以干实为之耶"，用蜜饯杨梅做粽子馅，倒也好吃——想想是好吃的。话说杨梅粽子，与山楂元宵、猕猴桃月饼差不多吧。

这几天，我在读《后山谈丛》，简古而有厚味，真是诗人之笔，不同凡响。

这几天，我在读《萍洲可谈》，有则故事蛮好玩的，苏州人李章，王安石有《李章下第》诗赠他。他去湖州混饭吃，湖州人讨厌他穷。一天，李章去富人曹监簿家，曹监簿正要吃鱼，听说李章来，马上把鱼藏好。李章看在眼里，也没说什么。既坐，曹监簿与李章论文，不及它事，冀其速去。曹监簿谈到王安石《字说》，李章说:"世俗讹谬用字,如本乡蘸州的'蘸',篆文'鱼'在'禾'左,隶书'鱼'在'禾'右,不知何等小子,移过此'鱼'。"曹监簿不好意思,只得一起吃鱼(这个故事在《吴中旧事》里也有,大同小异,但李章是"璋",好像叙述得比《萍洲可谈》幽默。手边无书,印象如此,姑记一笔)。

现在,苏州的"苏"无"鱼"可移,换来换去也无非两点。青灯白间,眼泪两点。

"白间"是我最近读到的,据说就是窗户的意思,故临时凑个句子,以为备忘。

《萍洲可谈》里有则关于沈括故事,现在推想,沈括在性心理上是不是有点受虐倾向?全文照录:

沈括存中,入翰苑,出塞垣,为闻人。晚娶张氏,悍虐,存中不能制,时被箠骂,捽须堕地,儿女号泣而拾之,须上有血肉者,又相与号恸,张终不恕。余仲姊嫁其子清直,张出也。存中长子博毅,前妻儿,张逐出之。存中时往周给,张知辄怒,因诬长子凶逆暗昧事,存中责安置秀州。张时时步入府中,诉其夫子,家人辈徒跣从劝于道。先公闻之,颇怜仲姊,乃夺之归宗。存中投闲十余年,绍圣初复官,领宫祠。张忽病死,入皆为存中贺,而存中恍惚不安。船过扬子江,遂欲投

237

水，左右挽持之，得无患，未几不禄。或疑平日为张所苦，又在患难，方幸相脱，乃尔何耶？余以为此妇妬暴，非碌碌者，虽死魂魄犹有凭借。

"家人辈徒跣从劝于道"，这个表述方法在吴方言里还依稀保留："劝也劝不住，赤着脚也追不到。"想到这里，真觉得"家人辈徒跣从劝于道"的生动。

《萍洲可谈》里说起苏州人李章，有句原话，"以口舌为生计"，似含贬抑，但"口舌"两字不坏——《白苏斋类集》曰："口舌代心者也，文章又代口舌者也。"我们不都是嘴上讨便宜吗？有什么说不过去！《白苏斋类集》转引两句"咏村汉诗"，真的"极妙"："逢人问难字，过节着新衣。"

这几天，我在读《芦浦笔记》，有《心经》条：

释氏《心经》，其中自云般若波罗蜜多，盖梵语也。尝观六一先生《集古跋》中，乃书《多心经》。经为多心何以为佛？恐公误笔尔……

欧阳修跋为《多心经》，奇怪的。但"经为多心何以为佛"，也是一句玩笑话。

前几年，我遇到一位无锡画廊主，他来苏州收购字画，指明要蝇头小楷抄录的《心经》，他说："蝇头小楷，越小越好，抄《多心经》，抄在扇面上，一千块一张。"这是我第一次听人把《心经》说成《多心经》，当时刺耳，没想到是有出处的。中国文化浩瀚得几乎不着边际，瞎说八道也都有出处。

红

少年时写诗，对"红"这个色子敏感：于是有红屏风，红树……

是色子，在诗中出现，而不是色彩。现在想来更是如此。

后来，是"绿"。

后来，突然出现了"黑"。

这几年在我诗中常常会控制不住交替出现的色子是："绿"和"黑"。

但对"白"字的爱好几乎一直没变。

诗歌在风度上，在章法上，在句与句递增与递减的——文字——之杯中，是留白的事业。

也是留黑的事业。

　　我的写作（尤其是诗歌）似乎来自山水画这个伟大的传统……范宽，董源，让我领悟到每个文字都有硬度或者软度的；而半千老人的"白龚""黑龚"，哦，文字的阴影，我终于能够白描下来。

　　五百年后，他们说起老车："喔，他是一个发现文字中有阴影纵横的人。"

　　五百年后的人说得也不够准确。

　　五百零一年后，他们说起老车："喔，他发现文字是有阴影的。"

　　我以前为五百年后的人工作。

　　现在，我为五百零一年后的人工作。

　　前几天看花，淡红，浅红。"淡红"，"浅红"，唐朝人称之为"退红"，那么，"浓红"，"深红"，可以呼作"进红"吗？

　　进退自如的红，在影院里。"影院"这个词多好，因为它不是"电影院"。

　　前几天画了朵大墨花，再画叶子觉得多余，不画叶子又觉得少亏，请出杜老师诗句：

晓看红湿处，花重锦官城。

心想杜老师的"红湿"，有种专一之美。这红，不妨命名为"专红"，但还没来得及"刻骨铭心"，有客访我，说些杂事，我也就忘记了。

字，词，句子，是你的就是你的，一如命。昨日，我偶尔看到几张新闻图片，一群人唱歌，一群人摇旗，脑子里又跳出"专红"……

"专红"，以后在我诗里出现，那就不免晦涩，因为语义（抑或语境）多了一层，是谓"夹层"。

"喔，他发现文字是有阴影的。"因为，"是谓'夹层'"。

大话耒耜经

偶然见到曲辕犁图片，像看到画腿——她坐在浴缸之上，一腿白净，一腿刺青着五彩缤纷的缠枝牡丹一类的图案，一直刺入臀部，春色要深耕细作，一点也不空谈。

美女仿佛一块块农田百废待兴。

耕犁在汉代已基本定型，但是是长直辕犁，耕地时转弯不够灵活，起土费力。唐代初期出现长曲辕犁，后来又有短曲辕犁出现，又称为江东犁——适宜江南地区水田面积小的特点：其特点是操作时犁身可以摆动，机动回旋。

唐代出现的曲辕犁结构完备，轻便省力，是当时先进农具，历经宋元明清，它的结构再没有大的变动。

我端整写陆龟蒙，吃完早饭，坐在窗前，想起偶然见到的曲辕犁图片，犁与耒耜，今古异名也，"经曰耒耜，《农书》之言也，民之习，通渭之犁"。犁是耒耜的"进化"——犁有之后，耒耜就在实用中消失。陆龟蒙之所以撰《耒耜经》，他要"以备遗忘，且无愧于食"。

无愧于食，也就是无愧于农民。中国的农民实在太苦。

《耒耜经》所谓"木与金凡十有一事"，即一张犁有十一个部件组成，除犁鑱和犁壁由金属铸造而成，其他皆为木制。

……犁评（"评"在这里，据陆龟蒙说，要读去声）"尺有三寸"，即长一尺三寸，形如长槽，套在犁箭与犁辕相交向上的延伸部分，底面平滑，前高而后庳，便于进退，中间刻成若干梯级，用以控制耕地时的深浅……

一支终于有了刻度的体温表。

《耒耜经》，六百多字，历史上第一次对曲辕犁做出完整描述的文字，堪称中国古代农具经典；也是江南文人所作的最早一部农书。这后一条更有想头。"耒耜"在陆龟蒙这里，不仅仅是"犁"，看他还谈到爬（耙）以及礰礋、磟碡等用来平整农田的农具，"耒耜"应是"农具"代称。"耒耜"本意："耒"，一根绑上横木的尖木棒，脚踩横木，用来翻土。为了加大翻土宽度，或把石块或把兽骨或把金属片固定在耒的下端，替代耒的尖头，称之为"耜"。传说是神农氏发明的。

《耒耜经》收在《笠泽丛书》与《甫里先生文集》，"丛书"两字是陆龟蒙"首发"，与现在所理解的"丛书"不同，它有"细碎"之意。杨万里有读《笠泽丛书》组诗，其中一首写道："拈着唐诗废晚餐，旁人笑我病诗颠。世间尤物言西子，西子何曾值一钱。"

我正读着《甫里先生文集》，六朝以来，江南文人流连山水美人，陆龟蒙却对农具一往情深，"世间尤物言西子，西子何曾值一钱"，我想不仅仅源于"农本思想"，也有他的审美取向吧。他的诗文，就像是"耒"——绑上横木的一根尖木棒，有时会戳痛人的。

陆龟蒙《美人》诗中有这两句：

生为并蒂花，亦有先后落。

这样的意思、美人与美，的确刿目怵心。

旅行途中，常常会看到人们在鱼塘边像煞有介事钓鱼，这与自慰差不多吧。偶尔经过大河，见到钓鱼者，倒有些敬意。我想热爱钓鱼的人呵，你们钓鱼帮的祖宗是谁？

昨天散步，从电影广告牌下走过，看到一句话："每个人都有自己的帮要混。"心想夹脚拖鞋伶仃，没有可以混的鞋帮。

姜子牙，严子陵，张志和，都是钓鱼者的祖宗，也都不是。钓鱼，是他们的藏装。只有陆龟蒙深得钓鱼之趣，陆龟蒙应该是钓鱼者的祖宗兼全世界钓鱼协会会长。陆龟蒙根据自己多年垂钓江湖的经验，写出《渔具（并序）》及《和添渔具五篇》，在工具，"矢鱼之具，莫不穷极其趣"；在技术，"或术以招之，或药而尽之"。他对"药鱼"是反对的。

《渔具（并序）》吟咏：网，诀窍是"沉沉到波底，恰共波同色"；罩，诀窍是"左手揭圆罛，轻桡弄舟子"；鱼梁，诀窍是"缺处欲随波，波中先置筍"……瞎三话四。

《和添渔具五篇》中，陆龟蒙以渔庵、钓矶、蓑衣、箬笠、背篷为题，随手挥洒。他把"背篷"形容为"烟壳"，织出蒙蒙一片翠微，何须万里，即此天涯。

陆龟蒙居哀乱之世——鲁迅先生在《小品文的危机》中有这么一段话："唐末诗风衰落，而小品文放了光辉。但罗隐的《谗书》，几乎全部是抗争和愤激之谈；皮日休和陆龟蒙自以为隐士，别人也称之为隐士，而看他们在《皮子文薮》和《笠泽丛书》中的小品文，并没有忘记天下，正是一塌糊涂泥塘里的光彩和锋芒。"的确如此，他对现实多有批判，但日常里的陆龟蒙并非老脸铁板，于败屋数间之中，相反他的生活有滋有味，充满情趣，我想这才是真诗人，剪然无尘埃。

在《大话耒耜经》里，她像曲辕犁端坐浴缸之上，满身蕾丝；而陆龟蒙则以散诞为杯具，吴波鳞鳞兮而在下，好伴沧州白鸟群的一百只绿头鸭于笠泽浮沉，宛如颗颗药丸。

园林里的长颈鹿

　　但愿如此。一切的努力都是不满的表现，这话说得通，却很平庸。中年人常常有对平庸的爱好！这种爱好有时单纯得简直像涉世未深的人，更多是翻不了身。伪格言说，梅花鹿光长脖子，也长不成长颈鹿。在这里并不能起到缓解的作用。所以对平庸的爱好既是约定俗成，也是众望所归。其中有的是对命运的肯定。长颈鹿是通过素食达到的，而素食者开始是信念，后来是习惯，这同样能够达到。比如一首诗和一篇散文是不同的，尽管它们有相同的题目，尽管长颈鹿在相同的园林里。塞尚反反复复画苹果，每画一次，怀疑就加深一次。艺术是加深自身对现实怀疑的行为，最后假象一般自身与现实融合，也就是加深对怀疑行为的怀疑。长颈鹿的怀疑使树越长越高，脖子跟着树长。

——前言

去年，我在苏州古典园林闲逛，这样说是故作潇洒，逛是逛了，闲却一点也不闲，为了吃饭，为了写书。我写书就是为了吃饭，没更大的抱负。或许是有的，时间一长，忘了。大江一道横眼下的瑟瑟茅屋，没有飞檐走壁，没有钩心斗角。更不会山头堡垒一样同仇敌忾。著书都为稻粱谋，幸好心还静得下来。我在苏州古典园林闲逛，亭台楼阁，太湖石，花草树木，紫藤架，比比皆是，目不暇接，比比皆是目不暇接的是它的视线。如果把苏州古典园林当人看，他是低着头眼睛朝下看的。说他虚怀若谷也行，说他心怀鬼胎也行。不说也行，反正他就这个样。苏州古典园林里有一种压低了的视线，碰上我心情不好，我就想弄一头长颈鹿进来，长得高，看得远，高山远水，对了，高山远水是我忘了的写作抱负。之所以忘了，因为有一阵子几乎成为我包袱。包袱越重，精神越轻，哪怕是精神包袱。精神包袱里肯定没精神，与火车站行李房差不多。她给我寄来一块顽石，偏要说是心。长颈鹿在苏州古典园林里闲逛，并不想看得远，只想吃到大树上的叶子，这是很可能的。很可能就是这么一回事。但长颈鹿能够在苏州古典园林里闲逛，一定是孤独的长颈鹿。我写过《园林里的长颈鹿》一诗，纪念高启。高启在我看来就是明初的长颈鹿，他被朱元璋腰斩，不是朱元璋觉得高启的腰好而心生妒忌，是皇帝认为臣子的脖子太长，站在金銮殿前望得见宫中禁地。"女奴扶醉踏苍苔，明月西园侍宴回。小犬隔花空吠影，夜深宫禁有谁来？"传说高启就因《宫女图》这诗得祸，触及宫闱隐私。事实是否如此，我缺乏研究，可是后人的评说颇可玩味，以为文人轻薄，自取杀身。高启被谋杀了两次，"文人轻薄，自取杀身"的再一次谋杀，比朱元璋阴森。长颈鹿经过远香堂，停下，不是因为看到西洋自鸣钟，也不是因为看到徐娘拿着扫帚出来。它看到万里无云的青天。它上当了。

2005 年 10 月 4 日，我早晨起来，在清冷的空气中写作，忽然觉得不像写作，像钓鱼。我认识几个钓鱼者，他们有空就全副武装，其实就一辆自行车、一根钓鱼竿和一只小板凳，去郊外，去远方，还有在野外露宿连钓几天的，啃着冷馒头，喝着凉水，忍着蚊叮虫咬，钓上的鱼舍不得吃，腐烂发臭，也舍不得扔，带回来让大家看。他们有滋有味，津津乐道。写作者刚完成一个作品，也有这样古怪的乐趣，自以为是的杰作在旁人看来，无非又一只死老鼠罢了。正是在古怪的乐趣这一点上，写作者和钓鱼者甚至和猫头鹰之间有了兄弟友谊。年老的钓鱼者——我认识一个，他中风之后走不了路，就让儿女买几条鱼，养在浴缸，他坐在抽水马桶上钓。这也是大伙儿的晚景，凄凉吧。但愿如此。

——后记

园林里的鸟

"睡意总是在众人之中傲慢地到来"，长廊里有人这么说。飞得很艰苦，我看这一只鸟——大概是正学飞的麻雀。它"咚"的一声，砸在铁树上。我见过铁树开花，姿色平平，但因为难得开花，大家就很宝贝。常春藤一直青着，太阳晒不死，太阳不晒也不死，不浇水不死，浇多了水也死不了。园丁觉得贱。牡丹天天开，就只能是韭菜的价钱。物以稀为贵，这就是头发少的好处。厚积薄发，才捡得到大便宜。善价待沽，心真沉得住气。囤积居奇，怪事自然层出不穷。授课计划：白头翁（一种鸟）围坐在鸟笼里，听黑暗的黄昏授课，怎么染发——全本才能墨涂涂！晚春阴天的黄昏，黑暗的黄昏，骨子里的阴沉和绝望。小白头翁一绝望，从大白头翁的头上"啪"地掉下，撞在铁丝网上。现在，铁丝网上挂着它一片脏兮兮的翎毛。"可见光辐射的环境""宏观环境很不规范""都是十分成功的借款计划""改革和环境""不过话说回来""空间框架，风格""付给供货商""颗粒的风格，法国情调""好机会和经济"
"几乎境界开阔""风格成分工程规划聚集科技界亘古""费功夫聚
集""开阔了""广泛规划""爬""看来几乎不能""地方的分工
可见""颗粒流""地方得到""收到的答复""开了，银行，海
关""可口可乐风格""高峰过后可见颗粒"，太湖石的假山洞里断
断续续传来商人们谈话的颜色——几乎有白头翁一样苍白，或者有
桃花一样艳丽。在一株桃花一组组盛开的桃树上，黄雀跳来跳去，
刮起一阵花粉热风。"睡意总是在众人之中傲慢地到来。"地方像铝
合金非常亮。看扑克大赛，老K，黄雀叼来一张老K，围观的人为
了它的作弊而群情振奋欢欣鼓舞。三十六鸳鸯馆前面，画蛇添足地
养了二十几只鸳鸯，它们严重营养不良，缺铁性贫血，吃多了泡泡
糖，毛色就像野鸭。它们过着栅栏里的群居生活，水浑得要死要
活。两个人就坐在水边打扑克，于是情意绵绵。燕子，园林里没有
燕子——这些是被保护的文化遗产与古典建筑，燕子没地方可以做
窝。园林不窝藏燕子——这是多么有趣的现实，又多么乏味！翠鸟
倒活泼，借着巨大的荷花池，把它急躁的个性暴露无遗：但它的色
彩如此沉着，一只一只，被宋朝的御用画家画出来似的。翠鸟是院
体画的范本。据说古代的桂林人通过翠鸟发财——他们拔下翠鸟羽
毛，卖钱。从此在漓江两岸飞着的全是光溜溜的翠鸟，像超市里的
速冻肉鸡。鸡没这么小，是鹌鹑。鹌鹑喜好竹林，与嵇康是朋友。

252

手挥苍蝇，目送鹌鹑。暗场：竹林片段：鹌鹑在竹叶青里毛骨悚然。第四个环节。反复。快快离开。更丰富的。飞过黄河——飞过黄河的是哪一只候鸟？艰苦的计划。黄昏。黄昏作为经济积极地向写意画家提供了瑟瑟风格。向透视法借款。花费多少交换机？航海家又是怎样的喜鹊和乌鸦呢？白鹭的粪便把山下的香樟树变成泡沫四溅的浴缸，万家灯火摇落其中洗了一个月光浴。欲望，全是人的欲望——人为的欲望——偶尔有失群的大雁飞过，影子陀螺般在铺地上打转，雁泪不经意地潮湿掉干干的紫薇花。"睡意总是在众人之中傲慢地到来。"而睡意总是在众人之中傲慢地到来。

园林里的羊

深山也似平川，因为是园林里的假山。望山北青林茂密，如翠羽，异鸟兽各三四出没其中，不知其名。知道了又怎样？徐渭陪焉，吾与古人为友以养我浩然之气，我陪徐渭。徐渭忽然不见，再见于梧竹幽居亭——月中之月，影底之影。徐渭曰："我名非渭，此晒字，是我名也。"我就喊他晒先生，他又不答应。不百武，远香堂前一白羊，大可如一大驴而脚高，追逐另一头白羊好像更大，两头白羊眼珠都是金黄色的。我吓得大叫："老虎！老虎！"徐渭被最先见到的一白羊所钳脖子，后来他说："真是怪了，不伤，亦不痛。"我被另一头白羊顶穿肚子，流出大把大把茶叶。原来我是一只茶叶罐啊，我想，公元 2006 年 3 月 11 日星期六晨梦。此梦颇可玩味，也就加点注解：

1. 徐渭

徐渭（1521—1593），字文清，更字文长，号天池，又号青藤山人，山阴（今浙江绍兴）人。屡应乡试不中，晚年以卖书画为生。有《徐文长集》。

2. 梧竹幽居亭

我在 2004 年 6 月 2 日的游园日记里写：

> 梧竹幽居亭：我以为梧竹幽居亭是拙政园里的第一亭，越玩味越有味。从大处说，梧竹幽居亭有四个圆洞门，与别有洞天的圆洞门暗暗地做了呼应。往小处看，绕亭一周，四个圆洞门在不停地转动、滚动，组合切割，半圆弧形，仿佛月亮盈亏，生生不息，又像明镜圈套明镜，妙趣横生。一般的亭都需要通过借景来达到圆满，而梧竹幽居亭却能自足。梧竹幽居亭既能动观，又能静观，脸长得好，身材又好。可惜梧竹幽居亭里置放的石桌粗糙，即使不粗糙，也应该拿掉，梧竹幽居亭应该是虚中还虚。

我在 2004 年 11 月 5 日的游园日记里写：

> 梧竹幽居亭里全是女学生——大概是职业高中学旅游的学生，拿着教科书，在亭子内说来话长。梧竹幽居亭仿佛月亮，月亮里只有一个嫦娥，现在嫦娥太多了，就没有月色。

我在 2004 年 11 月 20 日的游园日记里写：

梧竹幽居亭，此刻一如鸟笼，装满了十七八只鸟，把笼子撞得砰砰响。

3. 哂

哂，微笑的意思。

4. 远香堂

拙政园原先的大门在远香堂附近。

而流连光景不觉有年矣

　　这一场雪，上个世纪末岁末就想下了，是不是机缘未到，直至这个世纪年初漫天皆白。这一场雪真大，老北京都这么说。但再大雪也会停下，甚至说停就停。那天我对妻说，去雪中散散心吧，不料午饭过后不见雪飘之影。现在，灯下独坐，虽说雪停多日，因为冷，也就没有化掉。尽管没有化掉的雪已不是雪，而是冰。窗外，一角平白，宛如无故，而这几天又有月亮，此刻就有，满满的，像桶凉水，天地素洁，几乎素不相识。想起张岱，约略有人如几粒芥子云云，于是越发素不相识，于是找出《陶庵梦忆》《西湖梦寻》来忆来寻：

　　　　崇祯五年十二月，余住西湖。大雪三日，湖中人鸟声俱绝。是日更定矣，余拏一小舟，拥毳衣炉火，独往湖心亭看雪。雾凇沆砀，天与云、与山、与水，上下一白。湖上影子，

257

惟长堤一痕，湖心亭一点，与余舟一芥，舟中人两三粒而已。到亭上，有两人铺毡对坐，一童子烧酒，炉正沸。见余大喜，曰："湖中焉得更有此人！"拉余同饮。余强饮三大白而别。问其姓氏，是金陵人，客此。及下船，舟子喃喃曰："莫说相公痴，更有痴似相公者。"

《湖心亭看雪》，张岱这篇小品是《陶庵梦忆》中我最喜欢的一篇（《西湖梦寻》中也作附录收入），觉得干净，张岱的小品都像宣纸上洒落的淡墨。

而《湖心亭看雪》尤其如此。在我看来，空白原说不上干净，也就是说空白并不等于干净。干净是种精神，但与其说是精神，不如讲为物质更为传神，总会觉得意犹未尽。有句话"人书俱老"，用淡墨也有滴水穿石的时间推门而入，人墨俱淡。还有就是枯笔，"枯笔和淡墨，这是黑里求白的具体表现。枯笔使白破黑而去，如月出天山；淡墨让白摸黑而来，似烛照铁屋"。

《陶庵梦忆》就是一部淡墨册页（相比之下，《西湖梦寻》更像是逸气流宕的枯笔手卷）。张岱以亡国的沉痛作为淡墨的广大背景，所以这几点淡墨不轻不浮。这几点淡墨又是宿墨，也就更为沧桑了（这方面，余怀《板桥杂记》与张岱《陶庵梦忆》有异曲同工之妙）。

少年时代我不喜欢宿墨，嫌它不天真。宿墨比起新磨之墨虽少天真之妍质，但多份烂漫的从容。"天真烂漫"常常连在一起，却是两回事。具体地说，唉，我也说不清。拿荀慧生和梅兰芳作比，荀派天真，梅派烂漫。说到京剧，真要来比方宿墨，我就说宿墨更像青衣里的程砚秋、老生中的言菊朋。宿墨是涵养，涵而养之，沧桑也是涵养的一部分。有了涵养这层底色，张岱持论就锋芒所向而又不偏不倚。不偏不倚抑或宽大为怀，都是烂漫从容的结果：

> 阮圆海大有才干，恨居心勿静，其所编诸剧，骂世十七，解嘲十三，多诋毁东林，辩宥魏党，为士君子所唾弃，故其传奇不之著焉。如就戏论，则亦镞镞能新，不落窠臼者也。（《陶庵梦忆·阮圆海戏》）

> 贾秋壑为误国奸人，其于山水书画古董，凡经其鉴赏，无不精妙。
> 贾虽奸雄，威令必行，亦有快人处。（《西湖梦寻·大佛头》）

阮贾之辈作为奸人，在江南民间的影响仅次于秦桧严嵩，可说全仗戏曲《桃花扇》《李慧娘》的传播。张岱是本可依仗亡国的沉

259

痛而指桑骂槐或者借题发挥的，他却一笔带过。因为这亡国的沉痛一旦诉诸笔墨，就应该属于审美意义上的，张岱深谙此道。张岱的亡国之痛他不是哭出的、喊出的，而是要让后人自己品出。品出亡国之痛究竟还只是一张宣纸，精妙处是那几点淡墨。那几点淡墨在流连光景——有人性的精密——接下来进一步阅世，登堂入室，两人对坐，或一味家常，或天方夜谭，人性的精密甚至也尽可以免谈。

《陶庵梦忆》之所以是《陶庵梦忆》，张岱之所以是张岱，全在于他个性化笔墨。张岱是明清小品作家中最知墨法的一位。最知笔法者，大约是钟惺。

　　湖上影子，惟长堤一痕，湖心亭一点，与余舟一芥，舟中人两三粒而已。

"一痕"，"一点"，"一芥"，"两三粒"，这墨法活了，不滞不板，微微地晕化开去，"而已"两字又很到位，像凝住的神气和墨点周围结出稍深于墨点的墨渍，也即水痕。墨无水不活。而在"舟中人两三粒而已"之前的句子，"湖上影子"可看作水墨的整体效果，"长堤一痕"是线，稍浓稍干，"湖心亭一点"是比"舟中人两三粒"稍大的墨点，墨色带湿，但比"舟中人"淡。"余舟一

260

芥"的"芥"，既可作线看，又可作点观，神出鬼没。"一芥"的"芥"，微之又微，但是，焦墨。

鲁迅《野草·秋夜》，有著名的一个段落：

在我的后园，可以看见墙外有两株树，一株是枣树，还有一株也是枣树。

"一株是枣树"是枯笔淡墨，"还有一株也是枣树"为湿笔浓墨。"一株是枣树"用笔短促，"还有一株也是枣树"用笔悠长，又长又浓，不乏峭拔地拖出：

这上面的夜的天空，奇怪而高，我生平没有见过这样的奇怪而高的天空。

鲁迅与张岱都是绍兴人。绍兴这个地方像块焦墨，相比之下杭州就像一点淡墨。按照这个思路走下去，也就可以说鲁迅像块焦墨，相比之下张岱就像一点淡墨了。

而我把人想成几粒芥子，是浓不上又淡不下，迹近伧父。《陶庵梦忆》中有《张东谷好酒》，省略抄录于下：

余家自太仆公称豪饮，后竟失传。家常宴会，但留心烹饪。一簋进，兄弟争啖之立尽，饱即自去，终席未尝举杯。山人张东谷，酒徒也，一日起谓家君曰："尔兄弟奇矣！肉只是吃，不管好吃不好吃；酒只是不吃，不知会吃不会吃。"二语颇韵，有晋人风味。而近有伧父载之《舌华录》："张氏兄弟赋性奇哉！肉不论美恶，只是吃；酒不论美恶，只是不吃。"字字板实，一去千里，世上真不少点金成铁手也。

《舌华录》中的这两句，用的全是浓墨，浓得化不开，也就僵死。多读读这一段，能知写诗作文，墨有五色笔有八面。

灯下，《陶庵梦忆》《西湖梦寻》我重读一通，鸡叫头遍时刻，想起哪一位遗民画家的题诗："墨点无多泪点多。"亡国之痛，其实是痛得层次多多。对了，"墨点无多泪点多"，八大山人的诗吧，如果是八大山人，他的亡国之痛就是亡国之恨，张岱的亡国之痛，痛的不是亡国之恨，而是亡国之憾（这里的"恨"与"憾"，用现代汉语作解）。也正因为是憾，《陶庵梦忆》《西湖梦寻》的墨就淡淡的，而流连光景不觉有年矣。不见沉痛，但知蕴藉。沉痛是种蕴藉，不明白这点，也就不能明白《陶庵梦忆》《西湖梦寻》的好处。

鸡叫头遍时刻，是白色的时刻，上床的时刻。这时候脑袋里往外溢的白色，既不是窗外有一角是平白的，也不是读《湖心亭看雪》的印象。上床前，还有点恋恋不舍，就把《湖心亭看雪》向睡意蒙眬的妻朗读一遍，她惊了一下，抬抬胳膊。

朗读完后不料我顿生画意，随手一翻，不料又翻到附录在《西湖梦寻》中的李流芳《题雪山图》：

甲子嘉平月九日大雪，泊舟闸门，作此图。忆往岁在西湖遇雪，雪后两山出云，上下一白，不辩其为云为雪也。余画时目中有雪，而意中有云，观者指为云山图，不知乃画雪山耳。放笔一笑。

是云是雪，本不需多辩，就像是笔是墨，也不需多辩一样。"张岱是明清小品作家中最知墨法的一位。最知笔法者，大约是钟惺"这类话，在鸡叫的拱桥之上回头一望，真是多事。

李流芳放笔，我却拿笔画起两张小品。几乎一模一样，一张抄上《湖心亭看雪》，一张题上这么几句话：

舟一粒芥子/人两三粒芥子/西湖洒点/淡墨//那是痴。看似不痛不痒/之间：大白天亮//古人乘兴日常起居/他们不说文化//二○○一年元月十五日/觉得干干净净的/还是身体//上千年里的某刻/曾与几位朋友/走到断桥边/突然断了//出神的墨淡得看不见/见老的青年时代/到杭州就到远处/不想想我们//多情常跑前世作孽/墨淡得看不见

"曾与几位朋友/走到断桥边/突然断了"，这几句话倒是"史实"。二十年前，我与几位朋友游杭州，走到断桥，突然断了——当然不是桥断，断了的是断桥边凉亭上一根朱漆栏杆。当时冒出异样感觉，只是湖畔白糖桂花藕粉实在好吃，这感觉我也就没往心里去。

最好的散文是月份牌

　　谢之光晚年的一些国画小品，很有天趣。他随手画了，章也不盖，有时款也不落，据说，就往桌子下、抽屉里一塞。我想起他画的月份牌，他署上"之光"两字。谢之光早年是画月份牌的。

　　我听说谢之光名字，是在少年时期，但我听成"十支光"，就心想这是一只多么昏暗的灯泡呵，只有十支光，悬在浑浑的梁上，楚楚可怜——于是也就有这样一帧图景：一位老人咳着嗽，握着笔，在暮气沉沉的日子里，偶尔也儿童般一笑。这儿童般一笑，即是他画的画了。我在少年时期，不知是耳朵不好呢，还是别有怀抱，常常会听错闻讹。老先生们谈到"丰子恺"，我竟听成"疯子腿"，脑子里顿浮现出济公形象，觉得这名字多好，鲜活，有气势。后来知道是另外的字时，怅惘一阵，像破灭一个梦幻。实在舍不得丢弃，就拿来自用，写本《疯子腿手记》。这是后话。最奇怪的是老先生给我讲"六法"，我把"气韵生动"，一次次听成"鲫鱼升洞"，觉得"六法"真是玄奥，鲫鱼怎么升洞呢，因为我只听说过鲤鱼跳龙门。我求知之际，由于一场大的社会变动，许多书籍难以见到，想学点东西，全凭老先生们口授。

这也有趣，文化有时就在以讹传讹中继承发展。文化或许还真要有点以讹传讹热情，甚至选择其讹。

月份牌我很早接触，小学时得到过一张奖状——我学生时代唯一得过的一张奖状——大人想把它挂起来，启开一只老镜框，看到几张月份牌，是用来垫衬镜框板的。当时反应，现在想来，也没什么反应吧。因为当时一门心思等着自己的奖状高挂起来。但知道了一种东西，祖母说：

"这是月份牌。"

月份牌真是奇怪画种，过去我很轻视，认为俗不可耐。前些日子去蒋小姐工作室玩，她搜集不少有关月份牌资料。工作室满是电脑，我又不会玩，就看起月份牌来，不免暗吃一惊。那个时期的艺术，方方面面我也接触一些，但没有哪个门类有它在世俗生活与市民理想上表现得这样淋漓尽致。市民理想暂且不说，而世俗生活，其实与我们的艺术非常遥远。它总是昙花一现。这昙花一现，除外部原因，我以为根本是在个人因素，即中国有手艺的人，会越来越自觉或不自觉地文化化。一文化化，就拿腔拿调，不屑去表现——比如世俗生活，而进入复古圈子。谢之光晚年的国画小品与早期的月份牌画稿，完全两回事，早期的生活经验竟对晚年的艺术创作不起作用。趣味是有了，但也少了生动的欲望。这也就是文化化的缘故：文化最终成为——化作——单一趣味，以至扼杀世俗生活中的丰富性。

月份牌的衰落，从一个侧面告诉我们：世俗生活它被认可和它需要的正常化，没有经历多少年。

据我所知，在早期从事月份牌创作的画家中，只有一位叫"张光宇"的，至死保持着对世俗生活中的丰富性的关注，但也是度日如年。

昨晚有友找我喝酒，说到散文，我脱口而出：

"最好的散文是月份牌。"

他愕然。我解释道：好散文，一段世俗生活而已。是吗？

水落石出

拉开抽屉，蔚蓝天空，坐满白色椅子；乡村理发师稻田里走着，下巴绿绿的即使长出绿绿的胡须，我也不会奇怪。

"理发师"，印在书页上的文字，死蝌蚪漂浮池塘：四边摇摇，这些草枝经过冬天有些蜡黄。一个人经过青年，于是中年的皱纹里就会跳出螳螂，碧玉一般琢磨而成的螳螂，这是以前的梦。池塘椭圆，水之浑浑，已经映不出白云苍狗，漂浮着的死蝌蚪，反而给它增添几丝活气——死，也是生命的一部分。

生命可爱正在于脆弱，一根丝慢慢缠起雪白的茧子。茧子内，是死，也是可能。这可能安详地睡着，眠着，梦幻着，梦见薄薄的翅膀。翅膀淡黄色的，淡得像醒来后对梦的记忆。这记忆简直就是想象。生命绕着圈子，把死小心翼翼置放在圈子当中，茧子是一根丝的漫步，在一座屋子中的漫步——他躲到椅子背后，影子泼到墙上，墨迹淡漠得初春一样寒凉。乡村理发师走到稻田中央，绿绿的

268

下巴使整张脸怪异了，柔和了，整张脸也能一片稻叶又细又长在我手指上卷来卷去。

稻田里的路也是又细又长，笨笨拙拙延伸而来，保持笔挺的姿势。稻田里的路，颜色黑里透黄，我想起烧焦的门闩，木棍，树枝，我喜欢玩火。乡村理发师走出稻田，上桥。我们从不喊他理发师，"理发师"，印在书页上的文字，或者乐谱中。这个理发师就很爱唱歌，他边走边唱：

七点半，骑上毛驴子！

表叔请他来给我理发，表叔叫他剃头师傅。我也叫他剃头师傅。他走在桥上，桥是石桥。在石桥的缝隙里，长着几棵无花果。无花果纺线锤般的沉甸甸果实，剖开，里面一长条逶迤的紫缝，紫缝四周溅着滴滴黑点，这是无花果的籽。几个与我三长两短的小孩剖开它后，就笑。我一直不明白他们为什么觉得好笑，后来才知道它有点女性化，私处，一片橄榄叶飘过天堂。也有人说不是无花果，这是鬼馒头。它们有点相似。所以至今我还分不清无花果和鬼馒头，圣女和妖姬。

从无花果到鬼馒头——一条天堂直下地狱的路，只是圣女常常在地狱里。还有一个地狱：红颜薄命。我第一次见到乡村理发师，就是陈圆圆和冒辟疆初次会面的地方。如今虎丘塔更斜了，乡村理发师的左侧，淡黄色的、褐色的虎丘塔。

夏夜与表叔在打谷场上吃粥，我把粥碗摆东摆西，看能不能照出塔影。有一次我大喊照出了照出了，原来是表叔的大拇指——他正与宋大会计说话，说到得意处，跷跷大拇指。乡村理发师的大拇指像下巴一样，也是绿绿的，如果他一直没从稻田里走出的话。表叔把一只蚊子摁死在脚背上，用嘴嘬一下大拇指，上面有他的血。我暑假在乡下什么也没学，就学这个动作，回到城里，我还是如此，拍死蚊子，把手心上的血舔掉。自己的血——表叔这样说。蚊子嗡嗡飞来，蚊子很大，塔很小，小得像影梅的铅笔。影梅是我小学同学，常用铅笔头写字。

乡村理发师在桥上停下，一只船慢慢撑来，他们说着话。在乡村，没有不认识乡村理发师的人，也没有乡村理发师不认识的人。他走家串户，见多识广，他的一把剃刀，就是这个乡村的村史，青色民谣，灰色民谣，稻田民谣，鬼馒头民谣，大拇指与虎丘塔上的民谣。

挖取吴王宝剑的秦始皇，见到虎丘塔下跑来一只白虎，就放弃这个念头，转身走了。这是虎丘由来。这时，乡村理发师朝船上丢支香烟，船上有人往桥上扔着火柴盒，乡村理发师点完香烟，又把火柴盒扔回船头。他抽的是"飞马"，俗称"四脚奔"。乡村理发师抽"飞马"，也就是说他相当于小队干部。

一匹淡褐色的马飞下石桥，到我面前。

我压抑不住内心的狂喜，因为我还没让走家串户的理发师剃过头。我姑祖母叫他们剃头匠。

常来我们小巷的，是一位扬州师傅，一手夹着白布包袱，一手拿着小板凳。我印象最深是他的小板凳。给小孩剃头，他把小板凳往借来的椅子上一架，然后把小孩抱到上面，他就不用弯腰曲背咔嚓咔嚓；给大人剃头，他把小板凳往椅子下一放，让大人搁脚；没生意的时候，他自己往板凳上一坐，在井边、电线杆下、暗绿的苔藓上、惨淡的雨漏痕里，逮着谁就与谁吹牛。吴方言里吹牛还有聊天这层意思，"吹吹牛，开心"，就是"聊聊天，高兴"。

小巷的墙壁上，黄昏最先暗下，一如玻璃杯口浊厚的唇痕、茶渍。涂着口红的嘴唇，轻触玻璃杯口的时候，金鱼的扇尾被水藻合上，清风突然挂在树梢，梧桐树的树干敷着霜霜白粉，灯罩里的光掩衣而立。梧桐树的树干有着冬瓜皮肤色，它们秋波脉脉。扬州师傅看看闲人不闲，都散了去吃晚饭，只得一手夹着白布包袱一手拿着小板凳，小巷深处，一步步老不情愿地朝庇荫走去。

上午还是凉爽，扬州师傅给小辫子剃头。小辫子家以前生下的男孩，都活不过七八岁，小辫子生下，有人讲给他扎个小辫子，当女儿养，成活率就高。小辫子现在十一二岁，早不在脑后扎小辫子了，大大小小们还是喊他小辫子。这一根小辫子即使剪掉，也拖拉在他脑后。我们脑后都有根小辫子的，辜鸿铭这句话，不怎么深刻，但说得机智。小辫子直接坐上椅子，他的个头很高，就不需要再垫上那只小板凳。扬州师傅在一棵梧桐树下给小辫子剃头，周围或坐或蹲或立七八个闲人。扬州师傅见人多，就高兴，口若悬河，剃刀咔嚓，嘴巴嘀嗒，小辫子的爹着急："别把小辫子的耳朵剃了。"扬州师傅连忙回答："剃掉小辫子的鼻子还好，小辫子的耳朵，我还舍不得呢。你们看看，这招风耳，比'噜噜'大。"闲人就笑，小辫子的爹也笑。"噜噜"，就是猪。扬州师傅用手指弹弹刀刃，对闲人说："我有一个对子，你们能对上吗？"闲人让他说，他说：

　　童子打桐子桐子不落童子不乐

　　闲人嘘他，这对子也太老了。弄个新鲜点的，扬州师傅又说一个：

　　大鱼吃小鱼小鱼吃虾虾吃水水落石出

　　闲人搔头摸耳朵，叹气。扬州师傅说这个是绝对，唐伯虎都没有对上。闲人不信，你别卖关子，给我们说说吧。扬州师傅做个鬼脸："真要我说?""说!""说!"扬州师傅假装很为难似的一张嘴，疾疾地说了出来：

男人压女人女人压床床压地地动山摇

听清的闲人就笑，没听清的让扬州师傅再说一遍，扬州师傅摆摆手："不说了不说了。"

我看着小辫子，心里羡慕。因为我从没让这个扬州师傅剃过头。让这个扬州师傅剃头，几乎是我童年梦想。姑祖母宁愿多花点钱，带我到店里去理发。姑祖母大概是有偏见的，认为小孩和走家串户的剃头匠熟悉，小孩会学坏。

小公园附近有家理发店，玻璃门，镜子墙，我一坐上软软的皮转椅，我就大哭。印象里只有一次没哭。我面前大镜子中一位理发师把剃下的头发归拢一堆，和进一团城墙泥里，加水，揉搓。他又往这一团黄色的城墙泥里加水，揉着，搓着，揉搓得烂烂的，又和入一捧头发——这一团城墙泥变得褐色。他蹲着，白大褂的下摆铺到地上，他像蹲在雪地，他把这一团褐色举过头顶，摔下去，举过头顶，摔下去，举过头顶，又摔下去；一只红光满面的大白公鸡，勇敢地啄食一条飞天蜈蚣。

冬天了，理发师要用这城墙泥搪炉子。

走出稻田下了石桥的乡村理发师，他的下巴也就不绿了。但我还是压抑不住内心的狂喜，因为我还没让走家串户的理发师剃过头。

风大，乡村理发师说，他让我把椅子搬到屋檐底下。檐角蜘蛛网张罗，一个赤身裸体的女子网中挣扎。她的乳头鲜红，像刚从河里洗浴出来，皮肤，胸口，活水淋淋。直到乡村理发师走进屋檐，我才看到他的胳肢窝下夹着白布包袱，与扬州师傅差不多。天下理发师的包袱都差不多的。一个赤身裸体的女子，在蜘蛛网里漫步——生命可爱正在于危险，一根丝慢慢缠起雪白的身体。身体内，是死，也是可能。这身体挣扎着，但可能却正安详地睡眠，梦见蜘蛛绕着圈子，把身体小心翼翼地置放在圈子当中——他躲到椅子背后，乡村理发师在我手指上卷来卷去。他拿出剃刀。我等着

咔嚓

的声音。屋檐底下，叠着几只箩筐，一只红光满面的大白公鸡，在我脚边绕着圈子，我踢它一脚，它飞走了。尘土，羽毛，此起彼伏。一柄锄头靠在墙上，生下根，浇一点水的话，就能青枝绿叶。

乡村理发师又站到我面前，挡住虎丘塔，石桥，稻田。但我听得见河的声音，船的声音。船让河发出声音。我面前——乡村理发师这一面镜中——看到扬州师傅在一棵梧桐树下给小辫子剃头。乡村理发师也是扬州师傅，我也是小辫子。我们都是扬州师傅，我们都是小辫子。他把这一团褐色举过头顶，红光满面的大白公鸡啄食蜈蚣。在乡村，蜈蚣比城里多。城里，人多。他给我理完发，拿出折刀，刮起我的鬓角。我叫道："不，不!"妈妈说，刮鬓角会长络腮胡子的，难看。后来中学时代，青春期，我们几个要好男生，凑在一起，用铅笔刀在自己腮帮子上刮来刮去，期盼络腮胡子长出，还真有成效，不一会儿腮帮子就黑了——因为铅笔刀上残留着铅笔灰。有位女同学的父亲是络腮胡子，不但络腮胡子，身上也都是毛。我们请她吃冷饮，请她打听——这胡子和毛怎么会这么多的。女同学告诉我们，刀刮过后，再用生姜抹。我们得这秘方，觉得世界有救。一学期又刮又抹，很少感冒这倒是真的。他蹲下身，把剃刀什么的收进包袱，我见他脑袋粗枝大叶，面孔杂草丛生——如果只有一个理发师，那么，谁给他理发呢？我摸摸新剃脑袋，会思考了。是个问题。

学龄前我一理发，我就大哭。这哭，大概哭我梦想的不能实现吧，那时我梦想扬州师傅给我剃头。上学后我再去理发，哭是不哭了，只是没过几年就变得有点恐惧，这要怪李贽。小学三四年级，正逢"评法批儒"，他被"评定"为"法家"——1601 年，也就是万历二十九年，他因"敢倡乱道，惑世诬民"而入狱。

他趁狱中理发师给他剃头之际，抢过剃刀，割断自己的脖子。他说：

"受用。"①

----

① "受用"见李贽评《论语·述而第七》。

佛手乎

　　丙戌二月十四日，雨夜，在友人家我画了一幅佛手。先用枯墨淡墨勾线，再在线内染了藤黄，再在藤黄上点了赭石。觉得寂静，复在佛手指尖晕些胭脂。又觉得妩媚了。不像修成的正果，倒是烂漫之春花。丙戌一月三十一日，下午晴好，我与小林和马蹄去了北京植物园的温室，大玻璃房，一进去，就看到了佛手。我是第一次看到活色生香的佛手，以前只见过八大山人等人的画作。"佛手！"我兴奋地对马蹄说。马蹄矜持地点点头，他说他知道。"真像佛手。"小林说。她最近把《金刚经》背下来了。有时候我一觉醒来，瞻眺她端坐床头念念有词。信仰是福气啊。牡丹也来助兴，站在佛手前面，像合影似的，站成一排。我不喜欢这儿牡丹颜色，紫药水红药水打翻一地。花形也小了点。我以为牡丹的花形就是要大，一掷千金；菊花的花形就是要小，锱铢必较。今天早晨我躺在床上想，"天下伤心处，劳劳送客亭，春风知别苦，不遣柳条青"，完全是脱口而出，这就是李白的诗。李白的诗是一言既出驷马难追，李白是"一言"，大家是"驷马"。而孟郊"冻马四蹄吃"，这一个"吃"字，字斟句酌，一个萝卜一个坑，就是两个萝卜，也让它们挤在一个坑。唐诗的美就是诗人各有打算。读李白是一掷千金的快感，读孟郊是锱铢必较的乐趣。当然我并不是说他们一个是牡丹一个是菊花。当然，我也有疑心，孟郊"冻马四蹄吃"的"吃"字，是方言，就像我们说这个菜这样一烹鲜味就拔出来的"拔"，"焖肉五味拔"，我也是脱口而出的。既然已经说到了肉，那么酒肉朋友往往是酒色之徒，我就来说色。大自然真是奇妙，北京植物园的温室里展有极其珍贵的海椰子，长相与男女生殖器一模一样，仅仅是体积不同。我们是瘦马，海椰子是胖骆驼。一个小孩在我身边喊妈妈妈妈快来看，他妈妈一看，就把他从海椰子前扯走了。前几天我整理上衣口袋（已经在苏州多日），发现（我突然发现加上"已经在苏州多日"这个小注类的一句，无意之中透露了我缺衣之事实，所以老盯着一件衣服穿），我在上衣口袋里发现一张纸片，上面有：

佛手　加耶利海枣（棕榈科）　　白鹤芋　老人葵　花叶豆瓣绿　翡翠塔（百合科）　　波斯顿蕨　榕树绞杀　榕树支柱根现象　滴水叶尖

等字样。看来是我当初在大玻璃房里的记录。我没记录下"海椰子"，但一下就写到了海椰子，印象深啊。那天正巧还有个兰花展，龙字兰，汪字兰，这大名鼎鼎的兰都有了，其他品种的兰更是满坑满谷。小林还是问我："怎么见不到那种兰呀？"我知道她的意思，她是水墨兰花看多了。白鹤芋长相如何，我现在记不起。花叶豆瓣绿长相如何，翡翠塔长相如何，我现在也记不起了。当初我把它们的名字记录下来，肯定是想记住它们的，却偏偏忘记。但我想问题不在于我，正在于它们，它们还是个性不够。因为我现在把丝兰和光棍树想起了。丝兰又名稻草人，它的叶子围住树干往上长，上面青了下面黄，铢积寸累，和稻草人几无区别——仅仅服饰有些不同，丝兰是一个戴了顶绿帽子的稻草人。光棍树上真的光剩下棍了，用海绿画出的一幅热抽象之树。滴水叶尖是热带雨林植物的特性，贝叶就属于滴水叶尖吧。有朋友说给我请几片贝叶，至今没给我请来。大概他是随口一说，我就深入耳。深了。当然，我也有疑心，疑心我没这个福气。花叶豆瓣绿作为植物，我是忘记了，豆瓣绿多好。北京有条豆瓣胡同，有朋友的茶庄开在那里，我常去喝茶，只要喝到好茶，我深夜回家路上，就觉得灰雾蒙蒙的豆瓣胡同是绿的，捎带着北京也绿了。豆瓣绿？豆瓣绿，是豆瓣绿。写到这里，捎带着苏州也绿了。豆瓣绿？昨天我妈妈炒的豆瓣雪菜真是好吃。

夕花朝拾

架子床上，云帐若隐若现，琵琶像剖开的半只鸭梨。琵琶造型亦如仕女的话，那三弦仿佛一个精瘦男人。

琵琶是盛唐诗歌，是醉酒贵妃。三弦只是流落江南的李龟年。

贵妃在架子床上合趴着身体，剖开半只鸭梨，这一所房间较为暧昧的色彩。

大方角柜上的腰圆拉手，才被湿布拭过，灿烂正午的天色。许多箱柜都在日子中消失，从消失中，他收藏拉手。花瓣拉手。叶茎拉手。双鱼拉手。回纹拉手。箭头拉手。这些铜质的拉手，似乎能牵着他拉开不存在的箱盖和柜门。

他躲进柜中。平原上，她采采苤苢，扣住叶茎拉手。她的手指是脱皮而来的柳条。茉苣断裂的声音，绿声音贴住指尖——她采采茉苣，茉苣已采一筐，只是不知道会疏失这叫法：一样的"茉苣"在后世平原上已被喊作"车前子"了。

村里炊烟竞相袅袅一顶云帐罩住田园和它的生活。牛羊下来，她扣住叶茎拉手，把一棵硕壮的茉苣藏进箱底，等着以后复活——压在一件薄如蝉翼的绸衫下，当初称之为深衣。

宛若插在鬓间，半枝山桃花好，好姻缘，一千年的修行。她柳条般的手指扣住叶茎拉手，拉开箱盖。而他那时正在柜中，柜门上的拉手是花瓣形的。叶茎拉手上贴着茉苣断裂的声音。

叶茎上贴着茉苣断裂的浓绿的声音。花瓣拉手，朝花花瓣？夕花花瓣？朝花夕拾是一种缘分，夕花朝拾更是一种缘分。有隔了一个朝代的苍茫。

大缘分都有隔朝隔代的苍茫，隔朝隔代，柜门上的花瓣拉手含苞未放，如一把锁，锁住尘世中还守着最初想象的情种。

万念俱灰的时候，情种就脱胎为悲天悯人的高僧。

许多箱柜都消失了，赤裸的他还握着一些拉手。右手食指扣住这一只——他的右手食指由于写作而变形，内侧贴着不是茉苣断裂的浓绿贴着它，而是墨水，墨水一声漆黑的呐喊，痕迹的右手食指扣住——这一只拉手是回纹形的。听到织锦如干荷叶。

在一池干荷叶上，莲蓬伪托玉盘。

心尖玫红的一点乳晕。碧玉的盘子，清供情天欲海的浩然之心。他听到织锦，就看到《璇玑图》。叫蕙的女子，叫蕙的悔恨自伤的女子，哀肠九曲，锦织回文：她把一根蚕丝从秋茧中一唱三叹地抽出，若无尽期。

抽成了一卷春云，抽成了一篆烛烟，她又把蚕丝缠绕，向虚空处的茧。

茧已不存，蛹已化蛾，这一根若无尽期的蚕丝——或者苦无尽期的蚕丝——向虚空中的茧缠绕，虚空中还有茧吗？

不知道。碧海青天，大概也就是虚空夜夜。那么咄咄怪事，书空着一个又一个打开箱盖或柜门的动作，他扣住拉手。

一生打开箱盖、打开柜门，能有几次？

一生能被几次打开？

"咔嗒"一下："咔嗒"是打开的声音，也是关上的声音。

他枯坐圈椅，明朗的弧度仿佛梨的底部。他的手掠过剖开的半只鸭梨。金黄的梨皮上，洒着若干青绿斑点。小小的青绿的斑点，白石苔痕。遥远面孔上的雀斑。一位女子的面孔上多少要有一点雀斑，这是灯罩一角描着的栀子花……回家路上的女子忽然停住脚步，她脱下鞋子，要倒出半爿瓜子壳……街灯捉住她提起的脚，脚在晃动。面孔也在晃动。一位女子的面孔上是要有一点雀斑的，当然不能很多，否则不是面孔，而是雀巢了。他从圈椅上站起，走到架子床边，拍拍琵琶。于是，寂寞的日子里响声排闼。他不会弹琵琶，所以把弦拆掉：就像没有时间观，他就把手表拆开，在里面塞入一根灯草。

小时候，他还差一点去学琵琶。后来只是他妹妹一个人去学了。他就袖手旁观，他就去种枇杷。他把枇杷核种在墙角。长出来的，却是一株杏树。

也就在袖手旁观之际，长着几点雀斑的女子，踩着枕木，一节一节朝集市走去，身边天牛的触须，在一节一节地成长。她要到集市上去卖鸡蛋，挽着东西，过去装满茉苣，现在满装鸡蛋。

鸡蛋是一则技法，他握住笔：想把她画下来。他就是画不好人物，在顺手拿来的纸上画了一株杏树。从一角描着栀子花的灯罩里，泄出的光唇红，就像被太阳晒红的杏子。她的右手枕在头下，一泻青丝淋湿手臂，松荫下的道路，而左手伸向秋天，落实无言，手是冷冷的。咬开杏核，杏仁是苦的，是白的，是被锦盒收好的一片云母。想起（切开的）杏仁糕（与分行排列的散文诗）：

首先，香气有时候是这个时代无孔不入的核心，

时代有时候是这个核心众口称誉的糕点……

一个好时代无非在之前有段坏历史吧。

桃花五瓣，瓣形尖的，叶形也是尖的，他的绘画启蒙老师说。杏花瓣数记不清了，但瓣形是圆的，叶形也是圆的。在曙红里加点锌白，他学画桃花。在曙红里加点锌白再加点藤黄，他学画杏花。记不清杏花的花瓣之数，梨花、李花、海棠、山茶的瓣数都是五瓣，无数的杏花开在头顶——他只在纸上画了一树。其实是他只在纸上画了一枝：还把它画在屏风后面。屏风后还有一只条案，条案上立着只苹果绿的瓷瓶（"红中有绿，谓之苔点。其最佳者晕成一片，则谓之苹果绿"），瓷瓶中，插着大朵荷花。因荷而得藕？有杏不须梅！因何而得偶？有幸不须媒！这就是大缘分。搁下笔，他朝墙上望望。

墙上，挂着装裱华丽的条幅，是他多年以前画的。几乎像一张白纸。没有款识，没有押章，只在纸的右下角画了一条春蚕。这条春蚕颇有些明人气息，实在就是背抚沈石田《蚕桑图》，记错了，这是另一位画家的作品。从一片桑叶上勾魂来一条春蚕。

春蚕在纸的右下角，大片大片空白，似乎是春蚕执意要结出的茧子。

284

茧子再大，春蚕还是很小。春蚕只能画得很小，如画大——画大的春蚕，莫是龙耶？

有关写诗。并非诗歌观

天晓得我是怎么完成一首诗的，天晓得，我不晓得。

当然，我如果事先知道一首诗能这样完成，我也就不写。

我希望突然出现的一个词（幸运的话，是一个句子），可以带给我困惑，焦虑，不解，未知。倒也不一定非得冷僻之字。

这些字平日认识，也知其意，但作为不速之客，我惊愕并一头雾水。这时，我觉得一首诗或许开始到来。

我们之间需要不毛之地。

我们之间需要无人之境。

留白。

留白。

继续留白。

彼此留白。

我写诗，常有这样图像，写着写着出现。

我有不良嗜好，看电视，看见一个人口若悬河，就关掉声音，只有他嘴巴在动——沉默的无奈表现。

快感产生。

我想我写着的一首诗也应如此，看见他说话，而不是听。

但这种看见，又应该像我童年的阅读经验。

小学二三年级，从家长抽屉偷出《三国演义》，密密麻麻的繁体字，单挑出来，可能不认识，放在一起，可能认识——放马过来，他们杀得多欢！

一首诗里的词语应该为混沌搏斗。

所以，一首诗看上去是从一个词、一个句子出发，经过一番搏斗——诗思的誓死搏斗，最好结果："语言的阵亡。"

只是语言并不是烈士，不能给它们竖立纪念碑。

但有时，会有纪念币。这就是诗歌在当代显得多少有些廉价的原因。

二十五岁的夏天，傍晚，我写一首诗，心情烦躁，打翻墨水瓶，我发现被墨水占据的一摊黑暗（仿佛神器遮蔽雄辩），是我这一首诗里最为实在之处。

"去，去写实在之诗！"

致故乡

切着芫荽，想着故乡是什么，走神，手指破闷，缠上一截止血带。

故乡是止血带？

出生之际的回忆：母亲流了不少血。

母亲是故乡？有时候如此。

有时候，故乡美丽，这时候是母亲；有时候，故乡不美丽，也就与母亲无关。

那么，故乡是出生地？

未必。她出生飞机上，一日千里，碰巧进入太平洋上空，难道太平洋是她故乡？那年虎年，难道她是伪虎鲸？海马更好，可以药用。

故乡是帖药？有点得意，现在故乡一脸幸灾乐祸的表情，没病找病，找啊找，找朋友，找到一个好朋友，它的名字叫乡愁。其实乡愁这病找到故乡这药……

狡兔三窟，一个人也有两个故乡，身份证上一个，心里一个。

心里一个，属于秘密故乡：有些人的秘密故乡是文字，有些人的秘密故乡是图书馆，有些人的秘密故乡是毛笔，有些人的秘密故乡是董事会，有些人的秘密故乡是养殖场，有些人的秘密故乡是人民币……

于是，两种乡愁，一种可治，一种不可治。或曰：一种可说，一种不可说。

而故乡终究不必说，你狂奔八千里路云和月，结果还在故乡背上：你是马鞍。

原来故乡是马，你是马鞍。

穷极无聊，我把故乡拿手上，往空中扔着玩——然后等它掉下，看看会不会砸出一个陨石坑。

是为致故乡。

九曲桥

他在画前，说句"画得真像"，然后走开了。

这棵树上有只鸟，土话"黄不拉"，能学多种鸟叫，吃麻雀，吃老鼠。内行马上知道，叫"伯劳"，或者，叫"黄伯劳"，放大十倍后终于看到，那其实是一种猛禽啊！树枝高明，天空的腹部在画面中光线强烈。

像钉了铁钉，而水是蓬蒿气色，我觉得。蓬蒿，土话"塜哈"，声音里有种鬼绿，蛮清凉的。

两个人坐树下抽烟，一眼望去，似乎是摆放整齐的两只饭碗，确切描述起来，块头大的像饭碗，那位瘦高个，只是一把调羹模样，闪闪发亮，柄长长的，可以一下弯到过去。过去热火朝天，在这里，两个人以前和一帮人烧窑，窑群集中于湖边，大船来往小船往来，来运砖的，来运石灰的。这是过去的事了。这是以前的事了。这是昔日的事了。单窑，双窑，今年颜色发黑，一年青草从窑口长出来，两年绿树从窑顶长出来，于是不那么萧条。

窑在形制上分单窑、双窑，在功能上分乌窑、白窑。白窑烧石灰，乌窑烧砖。

乌窑，或者叫"砖窑"；白窑，或者叫"石灰窑"。两个人坐树下抽烟，他们以前，烧窑的时候叫"窑工"，不烧窑的时候，种植水稻，叫"农民"。现在，窑已成为文物，地已成为房产，看着游客从窑文化博物馆出来，两个人坐树下，他们穿的工作服上，黑体，红字，"保洁员"。

一年后青草从窑口长出来，两年后绿树从窑顶长出来，火气褪尽。两个人的脸还是黑的，替那些熄灭的乌窑和白窑，保存活泼泼的烟火气。

当时，窑里冒出的浓烟，与湖上淡雾冷冷热热拌在一起，极其壮观。

吴地农民多才多艺，当然，没有了土地，才艺退化得也快。两个人坐树下，一个人爬树上，他叫"小黑鱼"，在城里游荡，靠打架谋生，居然给独生女在古城区留下一座豪宅，自己则被绑赴刑场，面无惧色，决不服罪，村民啧啧称奇。

我和"小黑鱼"见过，他比我大不了几岁，初中毕业后在家务农，曾经的茶花大队社员，茉莉花种得好。他说，茉莉花是屎盆子，肥料要足。走在夏天中午的茉莉花地，臭烘烘的阳光，熏得人快要晕过去，而一到夕阳西下，新月张挂，茉莉花地开始清香浮动，似乎正在升腾起来，这时候进入，吃了迷魂药一样飘飘欲仙。

"格格茉莉花，屎盆子，肥要足。茉莉花，屎盆子，男人不好屎裤子。"

后来茶花大队无地可种，他放下锄头，拿起拳头，做了水浒里的人物。渐渐无人知道他的真名，都叫他"小黑鱼"。"小黑鱼"有次帮饭店老板保护饭店，他扔出去一只铁锅，削掉对手一只耳朵。他把耳朵捡起，泡在酒杯里，要人两万元来赎，后来价钱谈拢到五千元。对手耳朵缝是缝上去了（他们揽枪竖棒去医院，医生无奈，缝就缝吧），没多久坏死，颜色黝黑，极像阴唇。"小黑鱼"见到先是大笑，然后不好意思，五千元退回，还送对手一条沪产"大前门"香烟。

《吴越春秋》里的专诸，我读到他，就想到他，"小黑鱼"可惜了，怀才不遇，不遇伍子胥。也是奇了，我对伍子胥居然没有多少好感，曾经设想如果伍子胥不来吴国，苏州会以它自己的方式发展，是更正常的样子。

正常的样子是什么呢？

更正常的样子又是什么呢？

"小黑鱼"他们的行话，我曾记在小本子上，忘记很多，想起的也未必准确，盘子，罩子，面孔叫"盘子"，眼睛叫"罩子"，他们一行中有文化的告诉我，不是"罩子"，是"照子"，钱叫"米"，劳务费叫"子弹"或"子弹费"，给他"子弹"，他就去打架。他拿人"子弹"从没失手过，有次打抱不平，被正法了。同时被正法的，还有一个人复仇，充满想象力，用一条驯服的扬子鳄，这有点天方夜谭，不像散文随笔做派，但有笔记气息。我想把这篇散文随笔写得像拉长的若干则笔记，子不语怪力乱神，他有大事要做，我辈闲着无事，不语怪力乱神，说什么好呢？杯盘草草，长夜漫漫，"小黑鱼"的故事也快讲完：

虎丘山下卖甘蔗的，不论长短，一根两元。买甘蔗的挑了一根，卖甘蔗的就去头去根去皮，砍成一段一段，买甘蔗的忽然不要加工好的这根，又挑一根，觉得比刚才的长。卖甘蔗的老实，也就忍了，他又去头去根去皮，砍成一段，还没砍第二段，买甘蔗的是一群人，中间有个女的说，这根长，这根长，手捧甘蔗斜刺而来。刚才挑的那根他们又不要了，卖甘蔗的不乐意："吃不起甘蔗就不要吃。"买甘蔗的骂："乡下人！阿拉钞票多得可以压死十个乡下人。"买甘蔗的一把抓住卖甘蔗的胸，卖甘蔗的让买甘蔗的放手，正在这时，"小黑鱼"游过，他其实已经看了一会儿，就走上前去，对买甘蔗的说："要打架找我！"一拳出去，买甘蔗的立马倒地，脑袋像楼梯上滚西瓜，"咚"，就这"咚"的一声，买甘蔗的在送往医院途中死亡；"小黑鱼"验明正身，"啪"，就这"啪"的一声，吃颗"花生米"。"小黑鱼"他们的行话，子弹叫"花生米"。

　　第一幅画：九曲桥一曲漆成红色，一曲漆成蓝色，潮水涌起，把另外的桥段湮灭，以前的石膏像摇身一变，变为泡沫像，沉浮于风口浪尖，巨大的脖子上闪烁一颗黑痣，在画面上就像一个被铁钉钉出的洞，泡沫像的肤色一片一片脱落，打个卷，顿时消失——据说九曲桥下有个地狱，伪装成芦苇荡，它围起来的水面，靠近她的那部分，是棕红色的，人说是灵魂；靠近你的部分，是铁锈色的，人说是身体。靠近我的部分，是水底，我往上看去，吃奶力气，挤奶力气，奶牛场的女工在那里费劲地挤奶，光线却把牛奶泼洒一地，但从水底看光线，光线是铁钉的样子，仿佛一锤子把铁钉直直敲下，遇到水的阻力，发出"噗噗噗"响声，我居然用额头去迎，没有躲避，它快敲到我时，突然破碎，在闪烁的水中拼出一朵大白花，赤身裸体的男孩们聚在花心，抱作一团，伪装成漆成紫色的木棒。至于这幅画的左上角，自然是天，天上没有云，只有一些像葛饰北斋那样的画家才能画出的海浪。

二十世纪八十年代中期，我在虎丘山下住过半年，村里有个人，说一口话，无人能懂。我那时痴迷气功，以为幸会精通咒语的得道之人，就悄悄地学几句。回到城里，说给几个人听，徐老师微笑，告诉我，他两只手抱在胸口："哪是什么咒语，这是世界语！你学的这句是列宁的话，'忘记过去意味着背叛'。"

那时候，一些人学世界语，村里那人走火入魔。

那时候，我练气功，差不多也是这走火入魔的样子。

说起徐老师，身世颇为奇特，手上戴一只汉代玉镯，杜月笙所赠。杜月笙离开大陆前，从自己手上摘下，套到"弟弟"手上。

说起"弟弟"，这习俗也没有了吧？社交客气，长辈喊晚辈"弟弟"，不直呼其名。

徐老师给我看过一把扇子，一面梅兰芳的画，一面玉佛寺主持的字，主持称徐老师的父亲"我哥"，我还记得这行落款："济生我哥正之。"但玉佛寺主持的法名我忘记了，查书应该能够查到。

那几年，我在一个业余学校上班，老师们大都是旧上海退休回来的，他们有喝下午茶的习惯，喝下午茶的时候，讲英语。这个业余学校以教日语闻名，但讲日语的老师看上去有点下讲英语的老师一等，讲英语的以前在洋行工作，讲日语的，据说多人做过汉奸，在日本人办的报社工作，可以划为汉奸吧，如果在战时，那当然。

有位姓刘的日语老师，认识胡兰成，知道张爱玲。我只知道张爱玲，还不知道胡兰成，听他说胡兰成的文笔好，我一脸茫然。

我还有在另外一个学校工作过的经历，校长的姐夫是沈从文，他是沈从文的小舅子，但他从未和我谈起过沈从文，他有时会掏出一只黑色牛皮钱包，钱包里夹着他与别人合影，打开后问我："这个人你阿晓得？"我只认出一个：巴金。他和巴金合影，巴金笑着，校长不笑。我从没见过张校长笑，他好像一年四季戴着藏青帽子，那种帽子名，就在嘴边，却一时说不出。

对了，我在他的合影上，还认出过一个：卞之琳。

那时，我很喜欢卞之琳作品，尤其是他翻译的莎士比亚片段。那时，百听不厌孙道临给电影《哈姆雷特》的配音。张校长的学校里，有一个姚老师，有一个董老师，有一个陆老师。姚老师说，王文娟嫁给孙道临，可惜了，孙道临长得难看，又没有钱，王文娟的钱不知道要比孙道临多多少。姚老师她一生的成就在我看来就是一九四九年前王文娟请过她吃点心。我也喜欢王文娟，她演林黛玉，差不多就是林黛玉。董老师说，《魂断蓝桥》《翠堤春晓》，我在重庆，看的都是原版电影，要看就看原版。她父亲是银行家，她喝的咖啡比她吃的稀饭要多。陆老师的邻居是沈传芷，昆曲大师，常常在家拍曲，邻居们不高兴，报警，派出所来了，警察说："很好听啊。"

很好听与很不好听，是个问题。嗷非礼呀掉到水里，睡莲怒放。他掉到河中，在游泳馆，他游得很好，一入流水，居然不知所措。大家赶来援救，有钱的出钱，有力的出力，有饼的出饼，卖烧饼的愿意出饼，大家忌讳，大家厚道，大家不要，"出饼"一不小心听来，就成"出殡"。黄侃五十大寿，章太炎赠他一联："韦编三绝今知命，黄绢初成好著书。"黄侃一见，捶胸大哭，黄命绝矣！他看到"绝命黄"三字。算命的打抱不平，说不怪章太炎，怪也要怪黄侃自己，取名"侃"，只能立说，又"黄"了，没著书的命。这是闲话。忙活的是大家把卖烧饼的赶跑，卖烧饼的一路吆喝，一路看白戏，他吆喝："卖烧饼喽，卖烧饼。"来者自称秦琼，卖烧饼的言道："你穷，我也不富！"

董老师除了喜欢原版电影，还喜欢听戏，她说五十年代梅兰芳来苏州开明大戏院演《贵妃醉酒》，腰都弯不下去，还是好，男人扮女人，比女人还女人，就是好。董老师五十岁的时候，臀部还像二十岁姑娘们的屁股，这是听人说的，我也不懂。那时懵懂，现在不懂，我进步了。

还有一位倪老师。我随倪老师学过日语，倪老师是无锡人，票友，学梅派。中秋夜约我们去他家院子赏月，倪老师兴致上来，唱了一段"海岛冰轮初转腾"。月亮很好，大家衣服上都有月色，两位比我大十来岁的女士，一位唱了首俄语歌，一位后来嫁给我的同龄朋友，我很恼火，我喊她阿姨的，同龄朋友一下长了辈分，占我便宜。

大家坐在岸上讨论援救工作，谁也不拍板，彼此都胆小，拿不定主意，就等胆大的村长前来拍板。

她家有位远房亲戚是公社生产队会计，送过一只兔子给她玩。养在闺房，姐姐嫌臭，她就养到凉亭里。她用"绣花鞋"喂兔子，兔子不太爱吃。"绣花鞋"，一种野草的名字，不知道为什么是这个名字。有天放学回家，姐姐笑嘻嘻地告诉她："夜饭吃肉。"她看见她父亲抓着兔子走出凉亭，来到太湖石下，拎起兔子耳朵，往太湖石上踹。兔子圆滚滚的身体在太湖石上"啪啪啪"——"啪啪啪"——"啪啪啪"——被拍扁了，桃红色的血从嘴角流出，两只悠长的耳朵仿佛卷紧的一张报纸。都以为兔子吃素的，哪知道这只兔子偏偏爱吃鸡蛋，她母亲已经有三天没捡到鸡蛋了。第二年，她家添丁——终于生个男孩，终于她和五个姐姐共有一个弟弟。弟弟长得很快，奔跑起来，她们几个姊妹倒好像原地踏步。现在想来她弟弟是有些异相的，捉迷藏时候，他什么都藏起来了，就是两只耳朵没地方藏，露在外面，被人揪出。一把抓住她弟弟的耳朵，有人回忆当初的手感：绵软的，冰凉的，耳朵尖上覆盖一层绒毛。绒毛的颜色，有人说是淡黑的，有人说是奶白的，也有人说是粉红的。而她坚决地说："没有这么一回事！"

第二幅画：老师上床之后变成一匹马，教育身边堆着的干草，教它们怎么喂马。

第一幅画：一幅好画总有遗失我们的地方，今天发现画家为了安慰，其实还画了一位芭蕾舞女演员那样的男丑角，穿着大南瓜那样的灯笼裤，一脚踩住九曲桥的一曲，另一只脚抬到脸上，向前伸出，冒充鼻子。这时候舞台上有了一束亮光，照在脸上——粉红色的鼻子像根火腿肠，甚至让观众看到上面的保质期："2017/10/17。"我在水底一无所知。

第二天，桥头笼记粽子店老板见掉在河里的他饿晕了，就不顾大家反对，往河里扔粽子。

我不会裹粽子，也从没裹过。端午前几天，门堂子里的老好婆们坐在一起裹粽子，白头好婆在，闲坐说屈原。其实她们不说屈原，她们说伍子胥。其实她们连伍子胥也不说。苏州人裹粽子，是纪念伍子胥的。伍子胥被杀，尸体丢入胥江。胥江以前不叫胥江。胥江在五十年前一直是苏州人日常饮水的取水口——自来水厂建在那里；而卖水作为职业更加古老，他们从胥江取水，挑到城里，卖给城里人。城里有很多井，有的井水却不能饮用，只能淘米汰菜洗衣服涮马桶。"涮"这个字，在北方是与羊肉联系一起，在江南是与马桶联系一起。暮冬天气，吴稚晖坐在马桶上吃羊肉，真个名士风度。江南人羊肉吃得少，基本不会在家里自己做羊肉，要吃羊肉，就去外面吃。传统苏州人只在立冬以后吃羊肉，吃到立春歇各，歇各，"结束"的意思。江南羊肉做得好的地方，两个在苏州，一个在杭州。苏州分白汤红烧两种做法，藏书羊肉，以羊汤闻名；桃源红烧羊肉，不是一般小偷卵能烧的。杭州的羊汤泡饭，也是一绝，称得上逸品。

下雪天，约三个人两个人，去羊肉店吃羊汤，一碗羊汤，二两半烧酒，咸淡自便，大蒜叶子要多。有一年大蒜叶子价格昂贵，羊汤里只漂几点青绿，苏州大学中文系的钱副教授数了数，不由感叹，吟诗一句："北斗七星高！"顿时大雪满弓刀，边塞诗一人单枪匹马独战孤山，杀入田园诗，肃杀之气弥漫东南。

"一人单枪匹马独战孤山"，我父亲让我对这个对子，我对到傍晚，对不出，父亲说："对不出是对的，这是绝对，传为唐伯虎所作，用来刁难祝枝山。"

下雪天，去羊肉店吃碗羊汤，汤可以随时加，上不封顶。传统苏州人注重礼仪，汤只加一次，觉得再加一次，是占人便宜，没有面子的。吃羊汤时候，经济条件好的，再会叫上半斤羊羔，弄瓶醪酒，夹一筷子羊羔蘸蘸平望辣酱。平望这个地名现在也没有了吧？因为平望辣酱我在酱菜店里多年未见。

不下雪的时候，吃羊汤也是好的，何况下雪。吴方言里的动词极其丰富，但在"吃"上，又简单得奇怪，羊汤不说"喝"，说"吃"，"吃羊汤"；香烟不说"抽"，说"吃"，"吃香烟"。还有"吃生活"，这是"揍你"的意思。"你再烦呢，请你吃生活！"

二十世纪七十年代的苏州羊肉店里，几乎看不到女性顾客。有一次，我与朋友们吃羊汤，进来两个衣着时鲜的姑娘，我想大家的眼睛都是会一亮的。羊肉店老板问她们，来点啥格？

羊汤是这样吃的：顾客喜欢吃羊肉的，就让老板弄羊肉；顾客喜欢吃羊杂碎的，就让老板弄羊杂碎。老板根据顾客需要，秤好斤两，切块的切块，切片的切片，切丝的切丝，放入碗中，然后交给伙计，伙计守在羊汤镬子边上，接过碗，揭开镬子盖，舀出一勺羊汤，浇到碗中，这一碗羊汤是热身用的，在碗里停留片刻，又倒回羊汤镬子，再舀出一勺，浇到碗中，嘴里说道："青头多点还是少点？"青头，即大蒜叶子。加好青头，递到顾客手中。而加盐是顾客自己的事，每只桌上都有一只盐罐，很少有盖紧盖子的，尽管门外北风呼啸，偶尔还大雪纷飞，羊肉店里照例热气腾腾，于是水汽出没，盐罐里的细盐在表层凝结一层硬壳，要用筷子猛捣几下，它们才会土崩瓦解。对了，吃羊汤是不用调羹的，用筷子。大概苏州人巧手，善用筷子。

这是二十世纪七十年代的事了，两个衣着时鲜的姑娘走进羊肉店，羊肉店老板问她们阿要来点啥，她们说：

"一对羊眼睛，两只羊卵泡。"

把吃羊肉汤的男人们吓一大跳。羊肉店老板也是一脸尴尬，手忙脚乱从盖着纱布的食盆里找出两只羊卵泡，说：

"羊眼睛只有一只哉。"

他把羊卵泡放在砧板上，薄切成片，一片一片拿起来，对着灯光照照，散发桃红与杏黄的色泽。

吃过的人说，像吃豆腐。

有次老板搞错了，在我的羊汤碗里误入羊眼睛，汤吃到底的时候，突然看见：一只羊眼睛瞪着我，眼眶里汤汤水水，眼角粘着一片大蒜叶子。这只羊是愤怒的！被杀，或者自杀。羊会自杀吗？自杀的屈原有粽子纪念，被杀的伍子胥也有粽子纪念，老好婆们坐在一起裹粽子，暗暗比拼手艺。她们在一堆粽叶里挑小的粽叶，用一张小的粽叶裹粽子，不捆不扎，才是高手。还不能算是高手，真正的高手是这样裹出的粽子煮熟后还紧轧，不散架。这样的高手并不很多。

这群羊倒也闲适，在山坡。

然后徜徉中庭，北上玉堂，途中小片翠色，松了一口气。是小片翠色松了一口气，尚有余地。然后下车，进入黄土城堡，主人带领一群客人参观，走过一个水池，水池里映着一座山，其阪土玄黄，山下，有另一个水池，水深而且清，主人曰："宜以避世而长隐身也。"

主人咬文嚼字说什么来着？

"意义鄙视二场引申耶。"我转告与他。

水池里映着的一座山下，有一个水池，它是另一个水池，它鄙视引申，所以并非映着一座山的这个水池，也不是意义。

主人说话理太偏，选址于玄矣。

空气里都是桂花香，其实主人说了句大实话。我辈凡人，遇好山见好水尚且会说能够在这个地方住下来多好，主人无非用文言表达了我们的心思。

想起来不免一笑，争来争去，只是文言与白话、白话与文言在争来争去，而意思——就这一个。差不多就这一个意思，轮到我们，多绝望啊；轮到绝望，它又不免一笑。中国人发明了阴阳鱼，外国人发明了旋转木马，都是很绝望的事。

主人继续往前走，空气里都是桂花香，客人见到的是石榴。石榴树的影子倾倒土墙，十只黑太阳在乌云中埋伏，瞎了眼一样。

第二幅画：老师变成一匹马后，干草运到床上，要先经过九曲

303

桥。闲下来的时候，干草就向马老师请教："他们为什么要造九曲桥？一点也不方便，我们有些兄弟姐妹一时来不及扭曲，就统统掉到河里去了。"马老师说："他们故意的，他们需要救命稻草，芦苇荡里有个地狱，那里住着手持木棒的孩子，木棒救不了孩子，稻草可以。""但我们不是稻草，我们是麦秸啊。""他们分不清的，有关稻草与麦秸的口感之不同的学术研究，我们马界比人类整整领先两千零壹拾柒米。"吃罢晚饭，散发桃红与杏黄的色空打雷，雷是墨绿色的，模仿菊叶，闪电用一件珠光宝气的内衣把大地的黑乳房裹起，当礼物送给水底的屈原与伍子胥。这是后话。

时过境迁，大家在晶莹剔透的红宝石亭台楼阁徜徉，觉得脚底很黏，用力拔腿，身体失去平衡，撞到红宝石墙上，像撞上哺乳期乳房，乳汁碎了一地。南蛮投机取巧，顺势躺倒在地，一面等着钟乳石形成，一面等着滴水穿石。

继续往前走的人收到罚款：损坏公物，照价赔偿。

大家都撞坏过红宝石，而被赔偿的总是这几个——也别以为他们是先驱，仅仅命好或命不好而已。

说到命，史学远比哲学有说服力。

（原来大家在石榴内部参观，很快，大家明白了是怎么一回事，就开始采购。石榴国被红豆国采购一空，绝色的石榴裙也没人穿了，漂洋过海去做小姐。）

石榴的果实已是十张皮高挂在石榴树上，不须射箭，已被内耗。

第三幅画：扬子鳄手掌隐隐，身材盈盈，是姑娘家，几个孩子抓了一瓶蝌蚪，不料养出一条扬子鳄；幸亏养猫的她没养出华南虎。他们捧着扬子鳄去乡里游逛，招摇过市的样子引起一个社会青年的不满，踢了他们几脚，几个孩子抱头鼠窜，抱头之前，鼠窜之际，他们记住社会青年的长相，君子报仇，十年不晚，这是古训。回到村里，几个孩子把扬子鳄放回空米缸，缸底，铺了层砻糠。

砻糠在我生活里，是神奇的，我至今相信——抓一条黑鱼，在砻糠里埋上半年，它就会变蛇。至于我呢，我是害怕蛇的，害怕某种蛇。颜色鲜艳条纹斑斓的蛇，不管有毒无毒，我都害怕。一抹色的蛇，比如黑蛇青蛇，我都不害怕。我热爱单纯，但遇到单纯的人，我又害怕了。

听土神叔叔说，村里有个光棍真这样做了，抓一条黑鱼，在砻糠里埋上半年，半年以后，光棍在乡里遇到白娘子。

几个孩子把扬子鳄放回空米缸，缸底，早铺了层厚厚的砻糠，然后去水田抓几只青蛙回来，在石板上摔死，用竹刀划成肉丝，刚开始，要把扬子鳄的嘴撬开，硬塞进去，现在，只要丢它嘴边，过一会儿，肉丝就看不见了。

几个孩子蹲在米缸边，用树枝在泥地画社会青年，画了一会儿，丢下树枝，散伙了。

第二天，一个孩子拿来画像，几个孩子哈哈大笑，他画了他们的老师，不让她穿衣服。这里的人到了夏天，穿不穿衣服不是多大的事，老师是城里人，穿不穿衣服是大事。

他们要复仇，每个人都有复仇之心，但真去实现的却是凤毛麟角，所以可喜可贺。

这个画老师的孩子，后来在县文化馆搞宣传工作，县里的毛主席像、雷锋像都是他一手画成，县里有文化的人，把他看作本地徐悲鸿。

对徐悲鸿的评价，我也没什么评价。那一代画家，我喜欢常玉。常玉在巴黎，没有正儿八经地上美术学校，他的绘画可以说是自学的。艺术是让人自学的。生活也是让人自学的，死亡更是如此。死亡通过生活、艺术与诗，让我们自学成才。

常玉的画中，有种贵气，我总疑心他是八大山人转世。他画的女人，就是八大山人画的鱼。

第二幅画：干草同学发问："为什么要造九曲桥？"马老师回答："人类过桥的时候，怕落水鬼追赶，根据他们的学术研究，鬼是不会走弯路的，鬼只会直行，鬼只会勇往直前。嗯，'勇往直前'，是他们的成语，你们记一下。"说完这话，马老师一口咬住干草同学，慢条斯理地咀嚼起来。"嗯，'慢条斯理'，成语，记下。"马老师自言自语，朝外面望望，看见两个人坐树下抽烟，一年后青草从窑口长出来，天上没有云，奥菲莉亚掉到水里，睡莲怒放，他掉到河中，我在水底一无所知，桥头笼记粽子店老板见掉在河里的他饿晕了，就不顾大家反对，往河里扔粽子。

　　未完成的画：章鱼的眼睛与山羊的眼睛很像，我外甥来看我，告诉这个发现。苏州人吃羊肉，吃的都是山羊肉。苏州人认为，山羊是可以吃的，绵羊不可以吃，绵羊是做羊毛衫的。

　　稻草人做成稻草兔子，像我自己编织的婶婶，让你看看，不舒服的味道在院子里，喝茶的他，瑜伽的她，一杯酒来，两杯过去没有了消息，余读仙书，谓上乘之道金液还丹者，无质生质，由虚造寂。比如婚礼，新娘太新，我喜欢有包浆的，得想想先从哪里包起，其要在于炼己，而炼己先要惺惺不昧，再给一次机会，一条胳膊就是好夜色，去照镜子！做了好多梦，表情丰富，需要一点东西，撞一下再开始，里面有许多平静温柔的信息，然后其气自定，金丹可炼而成，随所施而妙用，需要唤起，还有记忆吗？没力气，很好，停一下，等待突然，不俱耳。像个民国女人，你如此无奈和无奈，灰色中的灰，随着变化进入照在众人身上的光，你是学徒们的眼，现在闭上了，气味作为记忆记住他师傅的奶妈剪纸，带着眉刀给白猫刮胡须，因作《三仙图》，新诗为记："他们还是好，做我的马，在你耳朵里跑。"意犹未尽，漫占一绝以题之："何事纷纷皆若醉，仙家独向道中醒。金丹放出飞升去，冲破秋空一点青。"乾隆辛巳长至写于五峰过庭，七五老人瘿瓢子记于长相思忽然忘斋。

忽然忘哉！也不忽然，必然忘记，不会忘记的是粽子，每年吃一次，各有打算。

是，差不多该结束了。

肥肉躲在碗底，上面是热气腾腾的白米饭，碰到鼻尖，好像木兰树头的花朵都含着笔尖，而笔尖是无足轻重的玩物。连玩物都玩不下去了。

必须结束，后记提前呈上，再写什么正文已经多事。序言与后记略微好看一点。

第三幅画：一只眼睛在第一幅画中出现，又出现在第二幅画中，到第三幅这里，有了性别。这只眼睛的眼白是玫瑰红的，玫瑰红的眼白像臀部一样，但并没有包住眼珠，眼珠像腰肢摇摆，因为水是流动的。他拍了拍她，丰满又松弛，在一棵树下，树干被涂了金漆，仿佛一匹天马从云端伸出一腿，露出马脚——翠绿的云缝制柠檬黄的云，遇到马背，做成马鞍。他说着话，说着说着就骑到马上，一路小跑，经过城郭，说成故事：她家的院子里有太湖石，有凉亭，她母亲是个大块头女人，在凉亭里养鸡，一只公鸡，七只母鸡，很像她家的家庭结构，她家有六姊妹，她是老末拖，当儿子养，就取了个男孩名。她父亲喝醉了会哭，觉得对不起祖宗亡人，断子绝孙了。守着祖宗亡人传下的豪宅，过着清苦日子，她父亲的下酒菜，每天一只咸鸡蛋。炒鸡蛋的菜油都买不上，只能腌鸡蛋，一只七石缸，装满烧开的浓盐水，还放了桂皮（桂皮是从院子里的桂花树上剥下的，她母亲剥下几块，晒干备用。每年桂花开的时候，她母亲就在桂花树下放两把伞，撑开后倒置那里，桂花落进伞中，她与姐姐们去收桂花，用盐腌了，用糖渍了，分送亲朋好友），七石缸里吊坠几只竹篮，竹篮里放着鸡蛋，十天的一篮，一个月的一篮，她父亲吃咸，有一篮鸡蛋腌制时间在半年以上。这只七石缸祖宗亡人用来装胥江水的，卖水的往七石缸里倒水，要手脚放轻，"轰隆咚"一倒，缸底水渣泛起，买水的会骂。院子里有一口井，井水有咸味，祖宗亡人不爱饮用。祖宗亡人说："这口井是通海的，老祖宗讲过，有年一条龙尾从井里升起，大家吓得叩头跪拜，请来道士，道士一看是龙，不敢作法，回三清殿去了。"每隔一段时间，祖宗亡人要往七石缸里丢几块明矾。我小时候以为冰糖，放到嘴里就嚼，大人们当笑话看，快活了好多天。那时候娱乐生活很少，快活却来得容易。

天色暗下，杂树林有了层次，垂柳最靠前，披着蓑衣。蓑衣已经绝迹，帆船有时鼓来一阵轻风，归鸟在树巅泼出墨色。未必是归鸟，事到如今，未必会有什么归来，梦也只做个去梦——深一脚浅一脚出了杂树林，走上九曲桥，红色的九曲桥曲折到湖里，绕个圈再回来。对岸是有的，一时看不见。我和诸位好友不假思索吐口水——吐出一串泡泡，用一件珠光宝气的内衣把大地的黑乳房裹起，当礼物送给水底的屈原、伍子胥、羊眼睛与粽子。

水底躺着一百零八只粽子，它们的名字如雷贯耳。

桥头笼记粽子店老板见掉在河里的他饿晕了，就不顾大家反对，往河里扔粽子，于是有了本地屈原；而附近，我看见旋转木马上坐着个勾践，先世无所考。

第九幅画：因为她弟弟长着一对长耳朵，所以绰号"兔子"。有一年兔子去相门河里游泳，耳朵卷进木排，淹死了。现在想来，她弟弟的两只耳朵，真像两块白手绢，在头上打了个结。

310

后　记

　　去年冬天居家看了不少电影，现在很难完整想起一部，许多镜头纠缠一起，成为不期而遇的拼贴画，仿佛我编这本集子时的感觉，以前写的散文随笔在我记忆里乱窜，拒绝定型；也好像不认我是它的作者。忘了哪本电影，或许是个剧本，有个人在午后花园里喃喃自语，几个朋友刚走，朋友来的时候，他拿出影集，指着合影让他们认领当年的自己或当年。此刻，他独自翻看，翻到自己的一些照片，他实在难以追忆。

　　我也想不起来我曾经写过这些：这篇散文或那篇随笔。于是我有个念头，一个写作者能够记住的是他人作品呢还是自己作品？起码在我这里，在我脑中，别人的作品来得多些：鲁迅《野草》，收入 1924 至 1926 年间所作散文诗 23 篇，书前有《题辞》1 篇，1927 年 7 月由北京北新书局初版，列为作者所编"乌合丛书"之一；《乌合之众：大众心理研究》，古斯塔夫·勒庞；废名《桃园》，写了一个十三岁的小姑娘，她叫王阿毛，爱生病，爱美；"如此激烈地对逻辑实施改革到底是不是这么好呢? 但如果你不是个乐观主义者, 那么, 你的实用主义便一文不值; 尽管他本人大肆否定哲学, 但他断言悲观主义是'永远否定的精神'", 乔伊斯振振有词而贝克特则说了个笑话:

> 顾客: 上帝六天做好了世界, 而您呢, 您六个月居然没有为我做好一条裤子。
>
> 裁缝: 可是, 先生, 看看这世界, 也看看您的裤子。

我用多年时间, 断断续续写出这本集子里的散文随笔, 我看看这世界, 先生, 你看看穿裤子的云。

> 这本集子名《茶话会》。"茶话会"这词, 很少说了。以前逢年过节要开个茶话会, 有人退休, 也要开个茶话会。我编完这本集子, 似乎有退休之感, 所以"茶话会"这词, 于我十分亲切。也十分凑巧, 因为第一辑写的正是"茶", 第二辑写的正是"话", 两辑碰头, 一期一"会": "不管如何, 我还是喝了一杯茶, 说了几句话。"

是为后记。

> 2021 年 1 月 3 日, 星期天, 下午, 苏州, 枫桥

图书在版编目（ＣＩＰ）数据

茶话会 / 车前子著. -- 武汉 ：长江文艺出版社，
2021.7
　ISBN 978-7-5702-2018-2

　Ⅰ. ①茶… Ⅱ. ①车… Ⅲ. ①散文集－中国－当代
Ⅳ. ①I267

中国版本图书馆 CIP 数据核字(2021)第 043804 号

茶话会
CHAHUAHUI
_____

封面绘图：车前子
责任编辑：周　聪　　　　　　　　责任校对：毛　娟
封面设计：颜森设计　　　　　　　责任印制：邱　莉　　王光兴
_____

出版： 长江出版传媒　 长江文艺出版社
地址：武汉市雄楚大街 268 号　　　　邮编：430070
发行：长江文艺出版社
http://www.cjlap.com
印刷：湖北新华印务有限公司
_____

开本：880 毫米×1230 毫米　　　1/32　　印张：10　　　插页：20 页
版次：2021 年 7 月第 1 版　　　　2021 年 7 月第 1 次印刷
字数：200 千字
_____

定价：52.00 元
_____

版权所有，盗版必究（举报电话：027—87679308　　87679310）
（图书出现印装问题，本社负责调换）